칵테일과 일주일을

칵테일과 일주일을

ⓒ이지안 이화선 조현경 최정하 김희전 김현영 2018

초판 1쇄 발행 2018년 9월 19일

글 이지안 이화선 조현경 최정하 김희전 김현영
사진 김남지

펴낸곳 도서출판 가쎄 [제 302-2005-00062호]
주소 서울 용산구 이촌로 224, 609
전화 070. 7553. 1783 / 팩스 02. 749. 6911
ISBN 978-89-93489-77-4

값 14,500원

홈페이지 www.gasse.co.kr
이메일 berlin@gasse.co.kr

칵테일과 일주일을

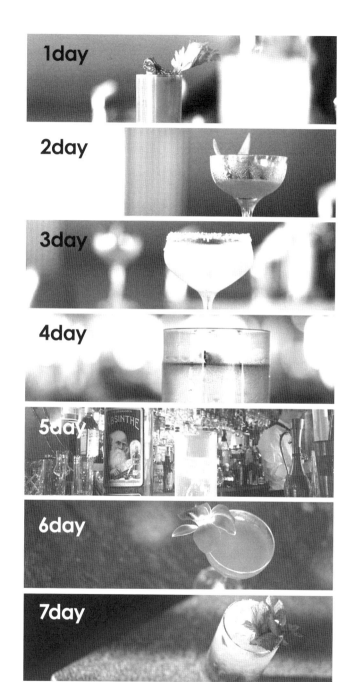

칵테일과 일주일을

칵테일을 시작하며

Side Note Club 매니저 이종환

아르바이트를 하다가 처음으로 만든 칵테일을 잊을 수가 없습니다. 더 정확하게는 잔을 내어드리던 순간, 손님의 얼굴에 떠오르던 그 표정을. 젊은 연인들을 위해 만들었던 생애 첫 칵테일은 카시스 프라페. 빛깔이 아름답고 입안이 상큼해지는 맛이어서 키스하기 전에 마신다는 술이죠. 행복해하는 연인들을 보면서 한 잔의 칵테일이 빚어내는 마법에 매료되었고 이후로 바텐더를 직업으로 택해 10년 동안 한길을 걸어오게 되었습니다. 짧다면 짧고, 길다면 긴 시간.

칵테일은 한잔의 요리다, 과학이다, 예술이다…

칵테일에 관해 깊이 생각하고 다방면으로 파고들며 개인적인 가치관도 변화와 성숙을 거듭해왔지만 고민의 귀결점은 하나였습니다. 칵테일은 결국 한 사람의 마음을 위한 한 잔이라는 거.

한남동의 소하 라운지와 청담동의 스틸을 거쳐 홍대 앞 루프탑 바 Side Note Club에 자리를 잡기까지 모델, 셰프, 작가, 피디, 마케터 등 다양한 계층, 여러 직업의 손님들에게 칵테일을 만들어 드렸습니다. 바를 사이에 두고 가까이, 혹은 멀리서 지켜본 사연들은 각기 하나의 소설이자 영화였지요. 사랑을 시작했다 끝이 나고 다시 새로운 사람을 만나고… 재회의 기쁨이 생을 더 복잡하게 만들기도 하는 동안 그들은 상처 입고 눈물 흘리면서도 칵테일 한 잔에 위로받고 다시 일어설

용기를 내곤 했습니다. 세월이 흘러 이제 손님들이 남 같지 않습니다. 앞으로 오래도록 함께 걸어갈 친구들이 되었습니다.

결국 저는 깨닫습니다. 칵테일에 대한 지식과 이해, 더불어 그것을 즐기는 감성은 바텐더들의 전유물이 아니라는 거. 바텐더가 칵테일 한 잔을 손님에게 내어준 순간, 그 술은 이미 그 사람의 것이 됩니다. 전해 오는 칵테일의 사연을 어떻게 해석하든, 맛의 지표가 어떻게 느껴지든, 어떤 감정의 동요가 오든 간에 모든 감흥은 온전히 그 사람의 몫인 것입니다.

칵테일과 일주일을.

책에 나오는 칵테일에 관한 감수를 부탁받았지만 정작 제가 빠져든 것은 저마다 다른 사람들의 이야기, 그 자체였습니다. 사람들의 마음을 움직이는 '맞춤형' 칵테일처럼 이 이야기들이 당신의 마음을 움직였으면 하는 바람입니다. 더불어 이 책을 즐기는 가장 좋은 방법을 알려드리죠.

어떠신가요? 당신의 마음을 건드릴 칵테일 한 잔과 함께 하는 건?

Cheers!

이종환

12년 경력, 현 PEL 주식회사 소속 바텐더
현 홍대 라이즈 호텔 루프탑 바 SIDE NOTE
CLUB 총괄 매니저
전 소하 라운지 & 청담동 스틸 캡틴, 전 청담동
믹솔로지

월드클래스 칵테일 대회 세미파이널 출전

그 외 다수 매거진 및 인터뷰 촬영
칵테일 강의 및 칵테일 클래스 다수 진행

월요일의 칵테일

블러디 메리의 힘!

이지안

스물두 살. 미국에 처음 갔을 때의 나이다. 코네티컷주 언카스빌의 카지노 리조트 모히건 썬이 나의 첫 직장이었다. 미국에서 가장 큰 규모라는 모히건 썬은 원래 그 지역에서 살던 인디언 부족의 이름에서 호텔명을 따왔다고 한다. 객실은 1,500개가 넘고 직원은 5천 명에 이르는 그 거대 월드의 일원이 되어 한국을 떠나게 된 것이다.

인천 공항에서의 이별. 눈물을 글썽이는 엄마와 달리 미지의 세계에 대한 기대와 새로운 도전에 대한 흥분으로 가득 차 있던 나는 뉴욕행 비행기에 몸을 싣고 싶은 생각밖에 없었다. 스무 살 때 태국으로 갔던 가족여행이 해외 경험의 전부였던 나. 그런 내가 영어도 안 되고 정보도 전혀 없는 상태에서 미국에 취업이 된 것이다. 남대문에서 산 이민 가방은 쌀, 고추장, 된장, 고춧가루, 각종 통조림, 이불, 옷가지 등으로 꽉 채워져 무게가 32kg에 달했다. 아무것도 모르고 현지로 날아가 겪은 고생의 무게에 비하면 아무것도 아니었지만. 돌이켜보면 요리를 내 인생의 길로 정하고 이렇게 해외로 취업을 나가기까지, 나름 파란만장한 행로였다.

나이트클럽, 술집, 10시 이후의 노래방, 맥도널드에서 콜라 대신 맥주를, 베스킨라빈스에서 아이스크림 안주로 소주 마시기... 미자 시절, 금지된 장난의 리스트들이다. 야자는 빼먹기 일쑤. 친구는 내가 입을 것까지 여분의 옷을 가져오곤 했다. 다른 애들은 대개 언니 옷을 훔쳐 입는데 우리 언니는 모범생이라 훔쳐 입을 만한 옷이 없었다. 공용 화장실에서 옷을 갈아입고 화장을 마친다. 교복은 지하철 사물함에 넣어놓았다. 170이 넘는 키 때문이었을까? 어딜 가도 메이크업만 하면 대학생 취급을 받을 수 있었다. 그 흔한 민증 검사를 한 번도 당해본 적이 없다.

노는 게 좋아서 미성년자 금지 구역을 드나들었던 것이 아니다. 성인들에게는 평범한 일상이 되고 말 경험들을 그 나이가 되기 전에 미리 겪어보고 싶었을 뿐이다. 금단의 열매에 손을 댈 때 느껴지는 설렘, 베이스로 깔리는 죄책감, 심장 뛰는 스릴... 그런 게 믹스된 특별한 느낌을 원했다.

사실 지금 생각해보면 유치하기만 한데 사춘기의 반항심에 가득 차 있던 당시에는 어른들이 제시하는 가이드라인을 지키기 싫어서 기를 쓰고 무시했다. 하지만 소위 일진까지는 되지 못했다. 난 그저 우등생들과도 친하고, 놀기 좋아하는 단짝들이 있고, 힘주는 패거리와도 잘 지내는 교집합의 학생일 뿐이었다. 한창 놀고 다닐 때에도 내 나름의 선이 있어서 지킬 건 지켰는데 지켜보는 엄마는 억장이 무너졌나보다. 나이트클럽에서 놀다가 새벽에 들어온 나를 붙들고 통곡을 하셨다. 딸자식을 믿어주지 않는 엄마가 오히려 서운했던 나는 점점 더 엇나가기만 했다. 공부 잘 하는 언니가 기준이었던 부모님 눈에는 말썽쟁이 막내가 이해되지 않았던 것. 나는 그저 공부를 왜 해야 하는지, 무엇을 위한 공부여야 하는지 근본적인 고민이 해결되지 않아 방황하고 있었을 뿐인데 말이다. 그 와중에도 수학과 영어는 손을 놓지 않고 꾸준히 하고 있었는데 내가 공부와 완전 담쌓았다고 생각한 엄마가 보다 못해 다른 진로를 권유했다.

"지안아, 요리를 배워보는 건 어때? 엄마가 학원에 보내줄게."

엄마의 손에는 이미 요리학원 수강증이 들려 있었다. 어렸을 때 집에 손님이 오시면 누가 시키지 않아도 주방으로 제일 먼저 튀어가던 나. 고사리 손으로 과일을 깎아 내가면서도 어떤 플레이팅을 할지 고민하고 즐거워

했던 아이였다. 하루 세끼를 한식, 중식, 양식으로 다양하게 차려주시는 엄마는 베이킹에도 능한 만능 요리사였다. 그런 엄마를 보조하며 어깨너머로 요리를 배운 나는 10대 시절에 이미 집밥 한 상을 뚝딱 차려낼 수 있는 수준이었다. 엄마가 여행이라도 가서 집을 비우는 날이면 식구들 밥은 내 몫이라는 책임감을 갖고 있었다. 고등어 무조림, 돼지고기 김치찜 정도는 가뿐했다. 숙주, 고사리, 시금치 등 각종 나물도 무칠 줄 알았고 효도 요리로 엄마가 좋아하는 유부초밥, 아빠가 좋아하는 치즈 오믈렛이 주특기였다. 그러나 나는 겨우 중 3이었다. 요리사에 대한 인식도 안 좋았던 시절에 요리의 길을 권하는 엄마에게 서운함이 앞섰다. 꼴통 문제아 주제에 자존심은 있었던 것이다. 학원을 거부하자 엄마는 요리선생님을 집으로 초빙해 상담까지 잡아주며 방황하는 딸을 위한 노력을 멈추지 않았다. 그래도 나는 끝내 거부했다.

"그럼 미용학원은 어떠니? 재봉은? 넌 옷 만드는 것도 좋아하잖아..."

다른 길도 열심히 권유하셨다. 딸자식의 미래가 어지간히도 걱정되셨나 보다.

막상 엄마의 제안을 진지하게 고민하게 된 건 고교 진학 후 전공 선택의 기로 앞에서였다. 문과와 이과, 진학과 취업. 처음에는 문과를 선택했다가

과밀한 학급 인원이 답답하고 담임 선생님과의 갈등도 심해져 이과로 옮겼는데 이과 특유의 치열한 면학 분위기에도 적응을 못해 아웃사이더가 되어가고 있었다. 늘 1등만 하며 반장을 도맡고 명문대 진학을 목표로 하는 언니와 달리 스스로가 납득되지 않으면 아무것도 안 하는 고집불통 동생. 자매는 마치 비교체험 극과 극처럼 달랐다. 나는 공부를 왜 해야 하는지 동기를 찾을 수 없어 보충수업과 야자를 빼먹고 친구들과 놀러만 다녔다. 그러나 선택의 시간은 범생이에게도 날라리에게도 공평하게 다가온다. 내 성적으로는 대학을 고를 수조차 없었다. 학과 위주로 선택을 해야 했다. '항공운항과에 가서 스튜어디스가 될까? 조리학과? 요리를 배워서 대학에 갈 수 있어?' 그제야 요리를 권하던 엄마의 제안이 생각났다. 입시 준비라는 핑계로 야자의 의무에서 합법적으로 벗어나 좋아하는 요리나 배우러 다닐 수 있다는 것도 솔깃했다. 한참을 개기다가 이제야 엄마 말을 듣는 게 좀 멋쩍었지만 과감하게 선택을 하고 나니 신세계가 열렸다. '내가 이렇게 요리를 좋아하는 사람이었어? 요리가 이렇게 재밌는 일이었어?' 엄마 옆에서 집밥이나 만들던 내가 자격증반에 들어가 칼질부터 제대로 배우기 시작하는데 그때 비로소 요리에도 전문성이 있다는 걸 깨닫게 되었다. 칼을 갈고 계량법을 배우며 가슴이 벅찼다. '요리사라는 게 전문직이구나, 알지도 못하고 편견에 차 있던 내가 어리석었구나...' 한식, 양식, 일식 조리사 자격증에 차례로 도전, 세 개의 조리사 자격증을 가진 예비 셰프가 되었다. 놀기만 하던 아이가 밤샘까지 해가며 미친 듯이 공부하는 걸 보고 식구들은 각자의 눈을 의심했다. 청개구리 막내딸이 180도 변신, 열공 모드에 들어간 것이다. 전문대 조리학과에 진학했지만 성에 차지 않아 4년제 식품영양학과에 편입, 관련된 공부를 더 해 나갔다. 그러나 여전히 목이 말랐다.

나름 치열하게 대학 시절을 보냈지만 짓눌리는 고통은 여전했다. 목표했던 '평범한 여자 요리사'로 성장해 나가기가 쉽지 않았다. 너무나 단단한 남자들의 세계. 주방에서 아직도 프라이팬으로 군기를 잡고 일식 자격증이 있어도 여자라는 이유로 다찌에 설 수 없던 시절이었다. 이력서를 내밀기도 전에 여자는 아예 뽑지도 않는다며 문전박대를 당하기 일쑤. 외모에 대한 편견도 심했다. '네 손목을 봐라. 그 얇은 손목으로 팬을 잡을 수 있겠니?' '팔목이 너무 가는데?' 키 큰 말라깽이였던 나의 체력을 의심하며 주방 스텝으로서 부적격자 취급을 했다. 여자라서 안 된다고? 뭐 이런 거지 같은 경우가 다 있지? 돈을 안 줘도 좋으니까 일하게만 해달라고 매달려서 몇 번의 주방 경험을 쌓았지만 만족할 수가 없었다. 더 넓은 세상에서 '나'를 펼치고 싶었다.

좌절하지 않고 도전한 곳이 미국이다. 미국인 셰프들 앞에서 실기면접을 보면서 15 분 만에 도전 요리를 끝내고 테이스팅을 요청했다. 체력에 대한 선입견에 시달렸던 국내 경험 때문에 나는 더듬거리는 영어로 심사위원에게 어필을 했다. '내가 약해 보일지 몰라도 충분히 튼튼하고 멘탈이 강한 사람이다. 나의 팔뚝 힘을 당신 앞에서 푸쉬업으로 증명해 보이겠다.' 심사위원은 엎드린 나를 일으켜 세우며 폭소를 터뜨렸다. '당신은 스스로에 대해 착각하고 있다. 당신은 그렇게 연약해 보이지 않는다. 걱정하지 말라.' 그는 웃는데 나는 눈물이 날 것 같았다. 내 안의 강인함을, 그는 알아봐 준 것이다.

합격통보를 받고 방안에서 혼자 난리를 쳤다. 좋아서 폭발할 것만 같았다. 가족들은 까맣게 몰랐다. 결과를 알 수 없는 도전, 그 과정의 고통을 사랑하는 이들과 나누고 싶지 않은 소심한 배려이기도 했고 국내를 벗어나는 데 대한 반대가 있을까 봐 비밀로 한 이기심이기도 했다. 놀란 가족들은 멍해져서 처음에 반대도 못하다가 나중에는 그 직장이 믿을 만한 곳이냐며 의심을 했다. 미국에서 가장 큰 리조트 호텔이었다. 믿지 못할 것은 취업한 호텔이 아니라 나 자신이었다. 초기 정착 비용이 얼마나 드는지도 알지 못했고 거기서 받은 월급으로 생활이 되는지조차 가늠할 수 없었다. 무조건 아끼는 수밖에 없었다. 아메리칸 스윗 드림이 달콤하지만은 않다는 걸 절실하게 깨달은 날들이었다.

출근 전까지 나에게 주어진 시간은 단 2주. 그 안에 집을 렌트하고 중고차를 구해야 했다. 한국에서도 집을 구해 본 적이 없는 나는 비용을 전혀 예상할 수가 없었다. 햄버거 하나로 하루를 버텼다. 피자가 너무 먹고 싶었지만 감히 사 먹을 엄두를 내지 못했다. 무서워서 버스도 못 탔다. 아무리 먼 데라도 무조건 걸어서 갔다. 하루에 열 시간씩 걸어 다녔더니 샤워할 때 머리카락이 한 움큼씩 빠졌다. 과로로 탈모가 온 것이다. 이렇게 나의 미국 생활은 초라하고도 성대하게 막을 열었다.

언카스빌에서 부동산 소개소를 못 찾아 무조건 발품 팔아 돌아다니던 어느 날, 길을 잃고 말았다. 설상가상, 해가 지고 있었다. 공포에 질린 나는 아무 가정집이나 골라 문을 두드렸다. 곱슬머리의 덩치가 푸근한 흑인 주부가 나왔다. 인턴 명함을 보여주면서 호텔로 돌아가는 길을 물었더니 선뜻 자기가 데려다주겠다고 하는 게 아닌가? 낯선 이방인과 단둘만 있는 건 자신도 꺼려졌던지, 아니면 내 맘을 편하게 해주려는 배려였는지 어린 딸을 데리고 나왔다. 엄마는 마가렛, 딸의 이름은 브리짓이었다. 하필이면 그날이 브리짓의 생일이었다. 막 생일파티를 하려던 참에 이방인에게 호의를 베푸느라 갑작스런 드라이빙에 나서게 된 것이 미안해서 차 안에서 생일 축하송을 불렀다. 오히려 민폐였을까?

다음날, 나는 가장 큰 사이즈의 피자를 한판 사 들고 마가렛의 집을 다시 방문했다. 코네티컷에서 아는 사람이 하나도 없었던 나는 뻔뻔하게 이 친절한 여인에게 매달렸다. 마가렛의 도움으로 그녀의 친구 집을 소개받아 렌트하고 무사히 첫 출근을 했다. 근무지는 호텔 안의 프렌치 레스토랑 'RAIN'이었다. 예약된 디너 손님만 받는 별 다섯 개짜리 특급 레스토랑이었기에 근무 환경이 럭셔리해서 직원으로서 누릴 수 있는 만족감도 컸다. 디너만 준비하는 레스토랑이라 정오에 출근을 하지만 언제나 아침 일찍 직원 버스를 탔다. 직원 식당에서 브런치를 먹고 커피 한 잔의 여유를 즐기는 것도 좋았지만 업무 시작 전에 예열 단계를 거치는 나만의 의식이 습관화되었기 때문이다. 주방은 들어서는 그 순간부터가 전쟁이기 때문에 전쟁이 시작되기 전, 고요하게 호흡을 가다듬고 집중력을 모으는 시간이 필요하다. 경험상 마음의 준비 없이 들이닥쳐서 일을 시작하면 꼭 실수가 생기고 사고가 났다.

호텔 본 건물은 Earth, Sky, Wind 라는 이름의 세 개의 타워가 연결되어 있다. 봄, 여름, 가을, 겨울이라는 이름의 출입구가 따로 있어서 이곳이 하나의 왕국이요 한 세계임을 느끼게 해주었다. 그 규모가 얼마나 어마어마한지 익숙하지 않은 사람은 직원이고 손님이고 간에 안에서 길을 잃고 당황하기 일쑤이다. 현재는 타워 한 개를 추가로 완공하여 그 규모가 더욱 장대해졌다고 한다.

직원 전용 출입구에서 소지품 검사를 마치면 호텔 입장이 허가된다. 출입구를 통과하면 제일 먼저 월드롭[1] 부터 들렀다. 대형 창고 같은

월드롭에서 컨베이어 시스템에 직원 카드를 긁으면 내 이름이 새겨진 유니폼이 척하니 나온다. 나는 호텔에서 내가 중요한 존재인 것처럼 느껴지는 이 픽업의 순간을 즐겼다.

옷을 갈아입고 난 뒤의 행선지는 '레드빌'. 직원 식당이지만 영업용 레스토랑 못지않은 규모와 퀄리티를 자랑하는 always free meal 레스토랑이자 유일한 휴식 공간이었다. 이곳에 들르면 언제라도 여러 레스토랑에 뿔뿔이 흩어져 있는 친구들을 만날 수 있어 즉석에서 수다방이 열리곤 한다. 식사는 세계 각국의 음식이 돌아가면서 뷔페식으로 차려졌다. 전 세계 어느 국적의 직원이 와도 만족할 수 있는 글로벌 식단이었다. 뭐니 뭐니 해도 사람 사는 데는 먹는 게 중요하지 않은가. 직원들에게 이렇게 온갖 종류의 음식을 프레시하고 수준 있게 제공하다니... 30분간 대여섯 접시를 거뜬히 먹어치우며 역시 대륙은, 미국은 다르구나를 되뇌었던 기억이 난다. 노동 강도가 세기 때문에 근무 시작 전에 든든하게 먹어두지 않으면 버틸 수가 없었다. 디저트 스테이션의 달콤한 케이크들 때문에 1년 만에 10kg의 몸무게와 충치를 덤으로 얻은 건 비밀이다.

주방에서 선임 쿡들의 오더는 간신히 알아들을 수 있었지만 스피킹이 안 돼서 대화는 어려웠다. 머릿속은 엉망진창이 되어갔다. 동료들을 쫓아다니며 그들이 나누는 대화를 받아 적고 따라 하기에 바빴다. 한국에 있을 때 배운 교과서 영어와 미국의 실생활 영어는 알파벳만 같을 뿐이지 서로 다른 나라 언어 같았다. 그래도 몇 달이 지나니 어느새 내 곁에도 친구가 생겨 있었다. 퇴근하고 락앤롤 바에 들러서 포켓볼을 치고 다트도 하며 치킨 윙에 맥주 한잔 마시고 집에 가는 전형적인 아메리칸의 일상이 가능해졌다. 매운 음식에 강한 자랑스러운 한국인인 내가 스파이시 치킨 윙을 처음 먹었을 때, 기도가 막혀 캑캑거리며 기침을 했다. 비니거 베이스의 타바스코 맛을 예상하지 못하고 생각 없이 폭풍흡입을 했다가 된통 당한 것이다. 피자에도 타바스코, 파스타에도 타바스코, 감자튀김에도 타바스코. 미국인들의 타바스코 사랑은 생활이었다. 어느 레스토랑에서든 매운 소스를 달라고 하면 타바스코가 나왔다. 처음에는 충격으로 다가왔던 타바스코에 이내 적응이 됐고 결국 중독자가 되어버렸다. 오렌지를 한 조각 끼운 블루문 생맥주 한 잔도. 초기 미국 생활의 위안이었다. 그런데 어느 정도 지나고 보니 다른 미국인 친구들은 다양한 칵테일을 즐겨 마시는 게 눈에 띄었다. 나도 시켜보고 싶었지만 칵테일 종류도 잘 모르니 제대로 주문을 할 수가 없었다. 맥주가아닌 다른 술에 도전해보겠다고 벼르고 벼르던 어느 날, 업장이 클로징하는 월요일에 작정하고 바에 갔다.

"칵테일을 잘 모르는데, 추천 하나 해 줄 수 있을까요?"

내가 하려던 말은 이 문장이었는데 막상 바텐더에게 튀어나간 주문은

"블루문 탭으로 한잔이요."

좌절하는 나를 같이 온 금발의 동료 데니스가 놀려댔다.

"칵테일? 그거 별거 없어. 나도 매일 거의 같은 거 마시는데 뭘 ~. 내가 오늘은 널 위해 칵테일 한 잔 시켜줄게. 마셔봐."

새로운 경험이 기다리고 있었다. 칵테일이 만들어지는 몇 분이 한 시간은 되는 것처럼 느껴졌다. 저 멀리 웨이트리스가 동그란 쟁반에 칵테일 두 잔을 올려서 어깨와 엉덩이를 따로따로 흔들며 다가오고 있었다. 선명한 붉은 빛. 생전 처음 보는 색깔에 흥분하기 시작했다. 체리 맛? 딸기 맛? 어떤 칵테일을 시켰기에 저리도 섹시한 빛을 띠는 것일까. 데니스의 칵테일은 그가 늘 마시던 마이타이라 관심이 없었는데, 나를 위한 잔에는 촉각이 곤두섰다. 기대감이 풍선처럼 커진 내 앞에 잔이 놓였다. 오렌지나 체리 같은 어여쁜 가니쉬가 아니라 샐러리와 당근이 끼워진 자태가 범상치 않았다. 그때 알아봤어야 했는데.

핏빛의 칵테일을 마시고 한 입 베어 무는 샐러리? 이게 뭔지 묻지도

따지지도 않고 "와우 ~" 신나 하며 입술에 갖다 대는데 무언가 불길한 느낌이 엄습했다. 이 냄새는... 이 농도는... 술인데 액체가 아니라 묽은 페이스트였다. 데니스가 미소를 날렸다. "마셔봐." 친구를 믿고 불길한 느낌을 애서 누르며 과감하게 쭉 들이켰는데! "오 마이 갓!!!" "오 마이 갓!!!" 데니스의 새하얀 얼굴에 어퍼컷을 날리고 싶은 심정이었다.

"칵테일을 시켜 달랬더니 이게 뭐야! 타바스코에 토마토 주스 섞은 거 잖아! 사람 놀리는 거야?"

데니스는 당황했다.

"무슨 소리야. 이거 블러디 메리야. 보드카가 들어간 칵테일이라고. 못 들어봤어?"

뭐? 이 역한 폭발물이 진짜 이 세상에 존재하는 칵테일이라고? 믿을 수 없지만, 아니 믿고 싶지 않았지만 사실이었다. 데니스가 날 놀리느라 벌 칙용 폭탄 음료를 시켜준 줄 알고 화가 났었는데 그게 아니라는 사실이 더욱 당황스러웠다. 이 정체불명의 괴 음료를 칵테일이라고 돈 내고 사먹다니. 어처구니가 없었다. 데니스는 큰 죄를 지은 것처럼 구구절절 변명 같은 설명에 급급했다.

"블러디 메리를 시킨 건 칵테일에 호기심이 생긴 널 위해 좀 특별한 맛을 보여주려고 그런 거야."

데니스가 너무 미안해하니까 나도 무안해졌다. 그의 성의를 봐서 한 모금 마시고 쉬었다가 다시 한 모금 마시고 쉬고를 반복하며 조금씩 잔을 비워갔다. 그렇게 찔끔찔끔 마시다 어느새 500ml 한 잔을 다 비웠다. 지금 생각해보니 데니스가 나를 엿 먹인 게 맞는 거 같기도 하다. 칵테일 무경험자에게 생맥주 잔에 채워진 블러드 메리라니. 그의 의도가 어찌 됐건 그 월요일, 무식하고 용감한 나는 가니쉬로 올려진 샐러리와 당근까지도 틈틈이 안주로 씹어가며 깔끔하게 한 잔을 해치웠다. 그렇게 나의 붉은 '블러디 메리 첫 경험'이 끝났다.

두 번째로 블러디 메리를 마시게 된 건 코네티컷의 호텔 라이프에 어느 정도 적응이 된 뒤였다. 귀가 열리고 입이 트이고 나자 아무리 날라리 출신이어도 동방예의지국의 한계는 벗어날 수가 없는지 내 기준에서는 도저히 받아들일 수 없는 사건사고들이 눈에 보이기 시작했다. 또렷한 이목구비에 콧날이 하늘로 솟아오르게 높은 이탈리안 셰프가 갓 입사한 금발의 젓가락같이 마른 웨이트리스와 썸을 타는 건 알고 있었다. 그런데 둘이 오피스 문을 잠그고 블라인드를 내린 채 뭘 하는지는 알지 못했다. 격정을 참지 못한 여자가 비명을 질러 그들의 은밀한 사생활이 들통

나기 전까지는. 두 사람이 해고될 줄 알고 걱정했지만 노 프라블럼. 호텔은 5천 명이나 되는 직원을 필요로 하지만 이 동네는 시골이라 인력을 구하기가 쉽지 않다. 살인죄만 아니라면 적당한 자숙 기간 후에 100% 복귀가 보장되는 분위기였다. 처음 모히건 썬이 문을 연 때가 1996년. 언카스빌에서는 필요한 인원수를 채울 수가 없어서 뉴욕에서 많은 인력을 스카우트해왔다고 한다. 가족 전체가 호텔에서 근무하는 호텔 패밀리들이 꽤 있었다. 직원 식당 레드빌은 모든 스캔들의 진원지이자 호텔 전역으로 소문을 확산시키는 참새방앗간이었는데 오 마이 갓! 오피스 섹스 스캔들 이후 다음 주인공은 다름 아닌 나였다.

내가 맡은 애피타이저 라인은 디저트 라인과 연결되어 있었다. 디저트는 캐나디안 걸 제시 담당이었는데 프랑스에서 르 꼬르동 블루를 수료한 스펙에 하얀 피부, 투명한 블루 아이즈, 밝은 브라운 헤어를 갖고 있었지만 내 눈에는 전혀 아름다워 보이지 않았다. 주근깨가 가득한 얼굴 때문이 아니라 틈만 나면 동료들을 씹어대는 심술 때문이었다. 바로 옆에서 뒷담화를 들어줘야 하는 것도 고역이었지만 더 참을 수 없는 건 그녀의 지저분함과 게으름이었다. 자기 작업대가 충분히 넓은데도 제시는 내 작업대까지 침범해 들어왔고 덕분에 때아닌 초콜릿과 크림들로 끈적거리는 애피타이저 라인을 닦아내는 것이 주요 일과가 되어버렸다. 몇 년간 단 한 번도 갈아본 적이 없는 것 같은 그녀의 무딘 칼들은 빛을 잃은 지 오래여서 제시는 대개 나의 칼을 빌려 썼다. 순진한 고양이 같은 표정만 지으면 그만인 줄 아는 여자였다. 100번을 양보해서 그래, 내 소중한 아가들이지만 주방의 효율을 위해 빌려줄 수 있다 치자. 캐러멜과 버터 같은 기름기 범벅으로 만들어놓고 제대로 닦지도 않은 채 물에만 헹궈서 아무 데나 놓아두는 통에 노이로제가 걸릴 지경이었다. 몇 번이나 경고를 줬지만 그녀의 대답은 한결같았다.

"난 칼 갈 줄 몰라. 무서워서 그걸 어떻게 해. 지저분하게 쓴 건 미안해."

미안하면 다니? 미안하면 제대로 설거지를 하든가 뒤처리가 자신 없음 빌려 가질 말든가!

제시에게 받는 스트레스가 차곡차곡 쌓여갈 무렵의 어느 날, 주방의 최고 우두머리인 셰프 데이브가 강렬한 시선으로 내 쪽을 노려보았다. 얼마나 열이 받았는지 대머리인 그의 새하얀 피부가 목에서부터 정수리까지 빨갛게 타오르고 있었다. 흥분이 지나쳐 모터가 달린 것 같은 속사포 영어 랩은 알아들을 수도 없었는데 그 와중에 욕설만은 왜 그리 선명하게 와 닿던지. 나는 자문했다. 오늘 일하면서 잘못한 게 있나? 오더 뽑아내면서 실수한 적이 있나? 없었다. 안 그래도 제시 때문에 스트레스 만빵인데 잘못도 없이 헤드에게 욕을 먹자니 억울하고 분해서 살 수가 없었다. 프라이팬을 죄다 바닥에 내동댕이쳤다. 영어로 막말을 쏟아붓고 욕을 해대는 데 한계가 있어서 한국말로 내가 아는 모든 욕을 다 해주었다. 전 스텝이 얼음이 되어 나만 쳐다보았다. 데이브도 당황한 표정이었다. 내가 입을 다물자 주방은 물속처럼 고요해졌다. 주방 스텝 10여 명이 모두 부동자세가 되어 움직이지 않았다. 말을 꺼내는 사람도 없었다. 몇 초가 흘렀을까. 몇 분이 지났을까. 영원처럼 느껴지던 정지된 시간은 홀에서 서버들이 들어오면서 허물어졌다. 우린 아무 일도 없었던 것처럼 다시 각자의 자리에서 기계처럼 분주하게 굽고 볶고 끓여댔다.

밤 10시 30분. 클로징을 하고 주방 마무리에 들어가는 시간이다. 워크인 냉장고를 정리하고 내일 할 일들 리스트도 만들고 라인 청소도 한다. 일이 모두 끝났다. 자, 이제 전쟁터를 떠나 무사히 귀가만 하면 된다. 총사령관 데이브가 주방 출구에 서서 퇴진하는 부하들과 일일이 악수하며 인사를 하고 있었다. 그러나 나는 나갈 수가 없었다. 서비스 타임에 무지막지하게 대들 수는 있었지만 그래놓고 아무 일도 없었던 것처럼 퇴근 인사를 할 수는 없었다. 마무리가 다 끝났지만 괜히 주방 구석을 돌아다니며 헤드 셰프가 나를 잊고 퇴근하기를 기다렸다. 그러나 헛된 바램이었다. 데이브는 출구에 서서 끈질기게 나를 기다리고 있었다. 피할 수 없다는 걸 자각한 나는 나무늘보처럼 천천히 기어가듯 출구로 다가갔다. 그는 아무 일도 없었다는 듯이 나에게 악수를 청했다. 망설이고 망설이다 그 손을 잡았다.

"미안해요 셰프..."

그 순간 나를 안아주던 데이브의 손길. 그의 품은 크고 따스했다.

"괜찮아. 네 잘못이 아니야."

나는 그의 품에서 어린아이처럼 눈물을 펑펑 쏟아내며 또 사과했다. 나를 다독여주던 셰프는 사고뭉치가 울음을 그칠 때까지 말없이 기다려줬다. 우리는 자연스럽게 락앤롤 바로 향했다. 민망해진 나를 위해 데이브가 술 한 잔 사겠단다. 얼마 전 블러디 메리 첫 경험을 무사히 끝낸 나는 어린애처럼 굴었던 모습을 만회하고 싶었는지 맥주 대신 칵테일을 시켰다. 데이브 앞에는 온더록스 위스키가, 내 앞에는 지난번과 똑같은 블러디 메리가 놓였다.

"너, 제시 때문에 힘든 거지?"

내 마음을 읽었나? 알고 보니 그가 화를 낸 건 제시 때문이었다. 작업대가 바로 옆에 있다 보니 눈치 없고 영어 딸리는 내가 착각을 하고 개지랄로

맞대응을 한 것이다. 디저트 서비스 타임을 못 맞추고 너무 일찍 수플레를 완성한 제시가 웨이트리스 책임으로 떠넘기는 바람에 홀에서 항의가 들어왔고 데이브가 이를 나무란 건데 엉뚱한 사람이 발작을 일으킨 셈이었다. 수플레는 보드랍게 부풀어 오른 자태와 포근한 식감이 생명이다. 수플레의 참맛을 즐기게 하려면 만든 직후에 손님에게 바로 전달되어야 한다. 실력은 좋지만 게으른 제시가 다시 만들기가 귀찮으니 은근슬쩍 넘어가 보려 했던 것. 별 다섯 개짜리 프렌치 레스토랑에서 있을 수 없는 일이었다. 오해가 불러온 대참사에도 불구하고 생각이 깊은 데이브는 나의 돌발행동에 이유가 있을 거라고 판단했던 것이다. 업장에서 무언가 힘든 일이 있거나 불만이 쌓였기 때문에 이상행동이 나타난 거라고. 그는 충분한 시간을 들여 나의 고충을 들어주었고 사려 깊은 조언과 격려를 아끼지 않았다. 리더란 이런 것이구나. 나도 나중에 데이브처럼 스텝들의 마음을 어루만져줄 수 있는 헤드가 되어야겠다 결심한 계기였다. 핏빛으로 보이던 블러디 메리가 그날은 크리스마스에 모여든 가족들의 미소처럼 따뜻한 레드로 보였다. 한국에서라면 매장당할 수도 있었을 나의 발작 이후 직장생활은 오히려 더 편해졌다. 헤드 셰프 데이브와 막역한 사이가 되었고 그동안 나를 만만하게 보던 동료들도 존중하는 분위기로 돌아섰다. 여기는 양보와 인내가 미덕인 한국 사회가 아니었다. 분명한 자기표현에 점수를 더 주는 미국이었다.

리조트 호텔 '모히건 썬'에서의 미국 맛보기를 마치고 나는 화려한 도시 뉴욕으로 전쟁터를 옮겼다. 요리사들은 주방을 전쟁터에 비유한다. 수많은 인력이 계급에 따라 각자의 맡은 일을 일사불란하게, 조용하게 수행하는 절도와 센스가 필요하기에. 전쟁터에 나가는 군인에게 총이 무기이듯 요리사들의 무기는 칼이다. 한국에서 요리학원을 다니던 시절, 일식을 같이 배우던 친구와 밤에 술을 마시고 헤어졌는데 경찰서에서 연락이 왔다. 벤치에 잠시 앉아 쉬다가 잠이 들었던 친구가 깨어나 보니 경찰서라는 게 아닌가. 팔목에는 수갑이 채워진 채로. 눈앞에는 본인의 칼 가방이 펼쳐져 있었다. 가방에는 온갖 사시미와 데바(일식칼)가 가득이었다. 순찰을 돌던 경찰들이 암살 나선 조직원이라도 되는 줄 알고 연행했던 것.

나 역시 미국으로 출국하던 날, 공항 검색대에서 사고를 쳤다. 목숨처럼 소중히 다루는 나의 아가(칼)들을 함부로 다뤄질 게 뻔한 이민 가방에 넣을 수는 없어서 기내용 가방에 넣었던 것이다. 스캔 영상을 보던 검색 요원들은 꽤 심각한 표정으로 자기들끼리 얘기를 나누었다. 영문 모르는 내가 가방을 달라고 하자 그들은 내 칼들을 버려야 비행기를 탈 수 있다고 했다. 뭐라고?? 다혈질인 나는 발끈해서 화부터 냈었다. 지금 같으면 당장 체포될 일이지만 당시만 해도 기내 반입 물품 기준이 지금처럼 철저하지 않을 때라 자초지종을 설명하고 비자와 소속 근무지까지 모든 서류를 증명한 뒤 칼 반입을 허가해주었다. 물론 기내용이 아닌 화물용 이민 가방으로 옮겨서.

뉴욕으로 터를 옮기는 과정도 순탄치는 않았다. 아무리 경력이 있다고 해도 시골에 머물면서 대도시의 일자리를 구하기란 하늘의 별 따기였다. 그런데 어떻게 구했느냐고?

쉬는 날이면 왕복 여섯 시간을 운전해서 뉴욕의 레스토랑들을 돌아다녔다. 스타 셰프가 운영하는 핫 플레이스, 미슐랭 스타를 뽐내는 파인 다이닝, 로컬들만 간다는 숨은 맛집, 서비스가 좋은 콘셉트 레스토랑, 서울보다 더 맛있다는 모던화된 한식 레스토랑... 하루 종일 쉬지 않고 돌아다니다 보면 마음이 가는 식당이 있었다. 집에 돌아오면 그 식당 앞으로 정성껏 편지를 썼다. 거기서 먹어본 메뉴에 대한 감상과 나름의 품평이랄까... 그렇게 빼곡히 A4 용지 두 장을 채우고 이력서와 함께 보냈다. 외국인인 나에게 새로 비자를 내어주고 고용해줄 수 있는 곳이 있기는 한 걸까... 오늘은 희망을 품었다가 내일은 절망하는 일을 수없이 되풀이한 결과 언젠가부터 서서히 연락이 오기 시작했다. 방수되는 헐렁한 셰프 팬츠에 조리화를 신고, 손에는 칼 가방을 든 채 꿈의 도시 뉴욕에 인터뷰를 하러 다녔다. 요리사를 뽑는 인터뷰는, 여러 명의 면접관 앞에서 긴장된 얼굴로 질문에 대답하는 오피스 직업의 그것과는 완전히 다르다. 하루 동안 주방에서 라인을 주고 직접 일을 시킨다. 마치 오늘 처음 온 사람이 아니라 늘 일하러 오던 사람 대하듯, 겉으로는 별다른 관심을 보이지 않으면서 일하는 과정에서 관계를 맺는 방식, 작업 스킬, 식자재에 대한 이해 등을 평가하여 고용 여부를 판단한다. 그러면서 나도 이 주방이 나에게 맞는지 아닌지 겪어보고 선택할 수 있는 기회를 갖게 된다. 나는 인터뷰의 필살기로 '나이프 스킬'을 보여주었다. 슬라이스와 채썰기는 채칼을 사용하는 미국 주방에서 한국인들의 정교하고 현란한 손기술을 과시하는 기선제압용으로 딱이었다. 거추장스러운 도구도 필요 없었다. 셰프 나이프(일반적인 부엌칼 크기)와 페어링 나이프(과도 크기)만 있으면 어떤 식자재든 자유자재로 다룰 수 있었다. 인터뷰를 통해 여러 주방을 겪어 본 나는 미슐랭 스타의 명성을 이어오고 있는 프렌치 레스토랑 '다니엘'을 선택했다.

두 달 전에는 예약을 해야 겨우 식사가 가능하고 전 세계의 요리사들이 스타쥬(stage)[2] 를 해보고 싶어서 몇 달씩 순번을 기다리는 곳. 오너 셰프인 다니엘은 프랑스인으로 럭셔리, 파인 다이닝 레스토랑으로 성공한 사람이다. 현재는 다이넥스(Dinex) 그룹을 세워 여러 파트너와 함께 경영해나가는 비즈니스 셰프이다. 드레스 코드를 반드시 지켜야 하며, 남성들을 위한 정장 재킷은 coat-check에서 빌려준다. 드레스 코드를 갖추지 않고서는 입장이 불가하기에 다니엘에 오는 여성들은 대부분 드레스

차림이다. 디너와 와인을 마음 놓고 즐기자면 인당 식사 비용이 300불은 나와서 아무나 올 수는 없는 곳이었다.

한국에서는 나도 서울 사람이고 나름 대도시에서만 살았던 사람이지만 뉴요커가 된 순간의 짜릿함은 특별한 데가 있었다. 이후 뉴욕 시티에서의 십 년은 매 순간 가슴이 설레었다. 타임워너 빌딩 근처에서 작지만 경비가 근무하는 아파트를 구했다. '혼자 사는 여자'로서 안전한 집을 고르는 건 중요한 일이었다. 내 차인 도요타 캠리 구형에는 짐을 다 실을 수가 없어서 친구의 밴을 빌려서 이사를 했다. 언제 어디로 떠나게 될지 몰라 가구 하나 없이 살았던 임시 라이프는 이제 안녕이다. 드디어 꿈에 그리던 뉴욕에 입성하게 되었으니 침대도 사고 책상도 사야지. 작지만 편안한 소파도 놓고 개인 주방도 제대로 채워보리라.

그러나 새로운 전쟁터의 전투가 너무 치열해서 우아한 차도녀의 일상은 끝내 현실이 되지 못했다. 내가 맡은 새로운 포지션은 피시 스테이션. 생선요리를 하는 라인이다. 총괄 셰프가 주문을 받아서 주방에 대고 단호하게 메뉴를 읊으면 해당 라인에서 간결하고 힘 있게 대답이 나온다. 자동으로 계산을 시작하는 머리와 동시에 기계처럼 손이 움직인다. 처음부터 피시 스테이션에 배정받았던 것은 아니다. 관례처럼 프렙 키친이 스타트였다. 프렙 키친(preparation kitchen)이란 서비스 키친에서

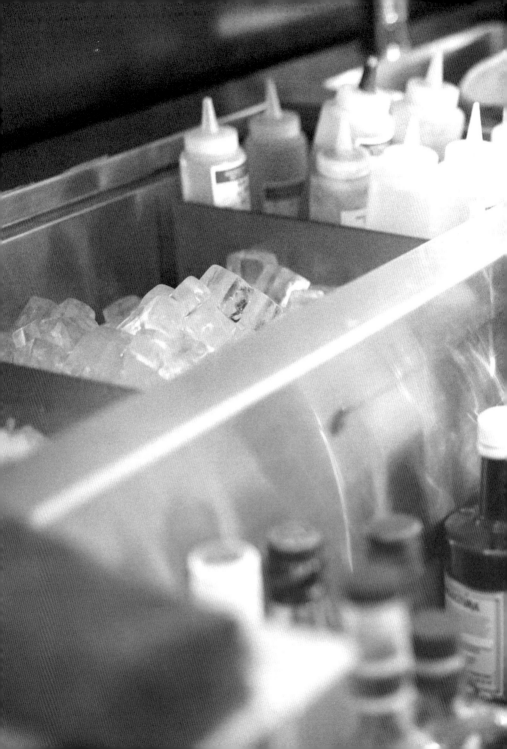

사용될 식자재들을 요리에 적합하게 손질하고 베이스를 만들어 주는 곳이다. 프렙 키친 내에서도 피시 프렙이 내 담당이었는데 만져야 할 생선이 10여 가지가 넘었다. 통째로 사용할 수 있도록 비늘과 지느러미만 손질해서, 석 장 뜨기로 생선 살만 통째 떠서, 생선 살을 몇 센티 길이에 몇 센티 폭으로 잘라서 등등 요구하는 손질 방법도 다 달랐다. 제한 시간도 정해져 있다. 시간을 넘기면 정신이 혼미해질 만큼 엄청난 욕을 먹는다. 체력과 정신력이 강해야만 살아남을 수 있다. 결국 살아남지 못하는 패잔병들도 수없이 봤다. 열정은 있는데 몸이 따라주지 않아서, 주방에서 역경이 닥쳤을 때 이겨낼 센스가 없어서, 체력은 강인한데 자존심이 너무 세서 전쟁터를 자주 옮기거나 아예 떠나게 된다.

프렙 키친 시절, 낯선 주방에서 제한 시간 내에 재료 손질을 끝내지 못할까 봐 두려웠던 나는 아무도 없는 새벽에 나와서 일을 시작하곤 했다. 깜깜한 레스토랑에 가장 먼저 들어서서 내 손으로 불을 켜고 에스프레소를 한 잔 내린다. 홀이든 주방이든 레스토랑 내부를 맘껏 누비며 혼자만의 여유를 느끼는 그 짜릿함이란 겪어보지 않고는 모를 것이다.

주방은 실수가 용납될 수 없는 곳이다. 실수가 잦은 사람은 앞치마를 풀어놓고 나가주는 게 차라리 낫다. 주방은 전시상태의 최전선이나 다름없기에. 물과 불과 칼이 난무하는, 사고의 위험이 코앞에 도사린 삼엄한 장소다. 뜨거운 불 앞에서 땀이 흘러내리는 걸 방지하기 위해 모자와 이마 사이에 덧댄 휴지를 몇 번 갈고 나면 영업이 종료된다. 이후 30분간 초고속으로 각자의 자리를 마감한다. 이때는 디시 워시 스테이션의 설거지 담당 아미고[3]와의 협조가 중요하다. 모든 식자재는 새로운 용기에 옮겨 담아 라벨을 붙여야 하고 워크인 냉장고의 재고 정리도 해야 하며 후드, 스토브, 오븐까지 일일이 다 닦아내야 한다. 이 과정에서 온갖 프라이팬, 냄비, 요리 용기들이 각 스테이션에서 쏟아져 나오는데 누구 것을 먼저 해주느냐에 따라서 퇴근 순서가 바뀔 수 있다. 평소에 스페니쉬를 살짝 익혀서 아미고들과 친하게 지내고 간식이라도 나눠 먹는 게 비결. 개인주의 성향이 강한 사람은 요리사로 성공하기가 어려웠다.

한국이나 미국이나, 코네티컷 시골이나 뉴욕 시티나 일이 끝난 후의 일과는 다 똑같다. 고된 노동을 끝낸 피로를 한 잔의 위로를 통해 털어내는 것이다. 뉴욕의 명물 센트럴 파크로 유명한 5번가 54스트리트에 위치한 바 'employees only'가 우리가 자주 들르던 아지트다. 뉴욕에서 새로 배운 칵테일은 레드불 보드카. 카페인 함량이 높은 에너지 드링크에 도수는 높지만 맛이 부드러운 그레이 구스 보드카를 섞은 이 술은 단시간에 기분을 업 시키는 효과로 클럽의 인기메뉴였다. 쿨한 뉴요커들 사이에서 피자, 샐러리 등 온갖 푸짐한 안주들이 가니쉬로 올라가는 블러디 메리를 주문하기에는 뭔가 촌스러운 느낌이 들면서 위축이 됐다. 미슐랭 스타의 역사를 자랑하는 프렌치 레스토랑에서 총괄 셰프로부터 능력을 인정받으며 조금은 어깨가 솟아 있던 내가 나보다 일도 잘 못하는 동료에게 칵테일에 대해 물어보는 건 어쭙잖은 자존심이 허락지를 않았다. 겉으로는 도도하고 세련된 척하면서 도시의 동료들과 웃고 떠들며 춤을 추고 있었지만 속으로는 시골에서 나에게 블러디 메리를 가르쳐주던 데니스와 든든한 데이브가 너무나도 그리웠다. 한 마디로 동료가 아닌 '친구'가 필요했던 것이다. 난 용기를 내어 동료 애니에게 걸스 나이트를 제안했다. 같이 블러디 메리를 마셔달라고. 'employees only'까지 걸어가는 동안 칵테일에 대한 나의 소심한 고민을 털어놓았다.

"뭘 그까짓 걸로 고민이야? 블러디 메리는 미국에서도 나름 매니아 층이 있는 칵테일이야. 뉴욕의 바마다 각자 특색 있는 가니쉬를 선보이고 고유의 레시피를 만들려고 노력한다구."

애니 덕분에 자신감을 되찾은 나는 당당하게 블러디 메리를 주문했다. 드디어 다시 맛보게 된 블러디 메리. 뉴욕의 블러디 메리는 괜히 기분에 맛이 좀 더 세련된 것 같았다. 가니쉬가 촌스러운 샐러리와 당근이 아니라 슬라이더와 그리시니라 그런가? 다사다난했던 그동안의 미국 생활이 머릿속을 스쳐 지나갔다. 역시 추억은 사람을 감상에 젖게 하나 보다. 기분이 좋아진 나는 계속해서 한 잔 더! 한 잔 더!를 외쳤다. 그러다

보니 어느새 블러디 메리만 세 잔째. 더 이상은 가니쉬 때문에 배가 불러서 마실 수가 없다. 이후로 'employees only'를 뻔질나게 드나들다 보니 칵테일 친구 애니는 바텐더 에릭과 눈이 맞아 결혼까지 하게 되었다. 지금은 뉴욕을 벗어나 한갓진 뉴저지에서 예쁜 딸을 키우며 잘 살고 있는 실화 커플이다. 치열하고 화려한 삶을 원하는 사람들에게 뉴욕은 최적의 도시지만 나 역시 나이가 들어 가족을 꾸리면 뉴욕이 아닌 곳에서 여유롭게 살고 싶었다. 에릭은 뉴저지에서 자그만 바를 열었고 애니는 지인들의 홈 파티에 케이터링을 해주면서 가정과 일을 병행해나가고 있다. 그녀의 변화된 삶이 부러우면서도 실감은 나지 않았다. 사랑하는 사람과 가족을 이루어 행복한 가정을 가꿔가며 사는 모습이 좋아 보였지만 나는 워커홀릭 뉴요커였다. 아직은 일이 더 좋았다.

늘 새로운 자극을 원하는 나는 '다니엘'의 주방이 익숙해지자 슬슬 지루해지기 시작했다. 한 단계 더 도약하기 위해 세계 3대 요리학교인 Culinary Institute of America, 이른바 CIA에 입학했다. 프랑스 르꼬르동 블루, 일본 츠지, 미국 CIA 중에서 학위가 나오는 곳은 CIA뿐이다. 이미 현장 경험을 하고 입학한 터라 웬만한 실습은 어렵지 않았다. 다만 역사나 와인 같은 심오한 이론 수업들이 어려워서 FAIL 하지 않고 제때 패스하기 위해서 밤을 새워야 했다. 졸업하자 선택할 수 있는 영역이 더 넓어졌다. 명성 있는 학교의 후광 효과를 톡톡히 보면서 대학을 몇 번이나 다닌 것을 후회하지 않게 되었다.

그즈음 특이한 구인광고가 눈에 띄었다. 유럽계 VIP 케이터링 겸 호텔 사업을 하는 기업에서 코리안 셰프를 찾는다는 것이다. 발끝에서부터 정수리까지 뭔가 찌르르한 열기가 타고 올라왔다. 바로 연락을 취했다. 그들이 필요로 하는 업무는 뉴욕 JFK 공항에서 인천 ICN으로 운항하는 한국 항공사의 기내식을 총괄하는 것이었다. 아직 가계약 상태여서 항공사에서 요구한 조건에 맞는 셰프를 채용하지 못하면 계약을 날릴 수도 있는 상황이라 다급할 수밖에 없었다. 당장 인터뷰가 잡혔다. 레스토랑과 완전히 다른 시스템, 전혀 새로운 주방에서 경험해보지 못한 업무를 해볼 수 있다니. 연봉도 부르는 대로 콜이었다. 그들은 간절히 나를 원했다. 그리고 지옥이 시작되었다. 가계약 유효기간이 2주 밖에 남지 않았던 것이다.

2주 동안 퍼스트, 비즈니스, 이코노미 클래스 메뉴에 대한 모든 레시피를 만들고 프레젠테이션을 하기 위해 한국 본사까지 날아갔다. 고생문이 열린 것이다. 온갖 식자재를 준비해야 했고 김치도 종류별로 필요한데 나더러 담그란다. 날마다 300인분의 기내식을 만들어 보내야 하는 상황에 김치까지 어떻게 담그란 말인가. 팀원도 없이 나 혼자서! 본사의 최고 책임자에게 올라갔다. 한국계 미국인 요리사 세 명을 추가 고용해

주고 김치를 담글 수 있는 공간을 확보해줄 것, 전통 항아리 백 개, 항아리 저장 공간까지! 이 모든 조건을 충족시켜주지 않으면 회사를 관두겠다고 선전포고를 하였다. 그렇게 말도 안 되는 소동과 우여곡절을 겪으며 기내식 서비스를 시작하게 되었다.

flight catering, 기내식을 만드는 주방은 레스토랑 주방과 완전히 다른 모습이다. 광장처럼 넓은 대형 키친 안에 항공사별 라인이 끝도 없이 펼쳐져 있고 한쪽에는 피시 룸, 미트 룸, 샐러드 룸 등으로 구분된 냉장고 방이 여러 개였다. 생선이나 고기 등을 전문적으로 손질하는 공간인데, 여기서 몇 시간씩 대량의 식자재를 손질하다 보면 너나 할 것 없이 콧물이 줄줄 흘러내린다. 옷을 다섯 겹씩 껴입고 특수 제작된 보온 조끼를 입어봤지만 소용이 없었다. 기내식의 특성상 한 번 비행기에 탑재된 음식은 우리 손을 떠난 후 승객들에게 바로 전달되기 때문에 위생에 각별히 신경을 쓴다. 새벽 1시에 출근해서 밤 10시에 퇴근하는 것이 일상이었다. 그래도 레스토랑 시절과 똑같이 시작 전의 여유 타임은 놓치지 않았다.

맨땅에서 아무것도 없이 시작한 터라 회사에서는 한식팀인 우리에게 전폭적인 지원을 아끼지 않았다. 이게 눈에 거슬렸는지 양식팀 책임자인 독일 셰프 마티가 사사건건 시비를 걸어왔다. 비겁하게도 내가 자리를 비울 때마다 우리 팀원들을 괴롭혔다. 그걸로 성에 차지 않았는지 직접 도발을 해왔는데 핑계가 김치였다. 기내식 주방에서는 조리된 음식을 4일 이상 보관하지 않는다. 그런데 김치는 2주씩 보관되어 있으니 이걸 문제 삼아 다 버리라고 멍청한 요구를 하는 게 아닌가. 기가 막혔지만 화를 누르고 최대한 차분히 설명을 해주었다.

"김치는 발효음식이야. 몸에 좋은 유산균이 맛의 변화를 일으킨다고. 한국 항공사에서는 바로 담근 생김치가 아닌 2주 정도 숙성된 맛을 원하기 때문에 이렇게 보관을 해야만 해."

"No. Trash them."

욕이 한 사발 튀어나오려는 걸 간신히 참고 다시 설명했다.

"너희 나라에도 사워크라우트⁴⁾가 있잖아. 김치도 그거처럼 발효음식이야."

돌아온 대답은 역시나 똑같았다. 갖다 버려. 더 이상 상대할 가치가 없어 오피스 최고 관리자에게 보고를 했다. '김치' 가지고 이런 식으로 말도 안 되는 시비를 걸어오지 않도록 조치를 취해 달라고. 그 후 마티의 시비는 한동안 잠잠해졌다. 안심하고 지내던 어느 날, 꿀 같은 휴일을 보내고 출근하여 재고조사를 하려고 저장고들을 체크했는데 김치가 몽땅 사라지고 없었다. 당황한 내가 전 구역의 냉장고와 창고를 뒤지고 다니자 물류 담당 크리스가 조용히 나를 불렀다. 한식을 대접한 이후 그 맛에 빠져버린 외국 친구 중 한 명이었다. 독일 셰프 마티가 새벽에 나와 유통기한을 운운하며 위생팀에게 모조리 갖다버리게 했다는 것이다. 그리고 얍삽하게도 출근은 안 했다. 쉬는 날이었던 것이다.

비상사태였다. 기내식으로 나갈 김치가 한 포기도 없었다. 한인 타운의 마트에 전화를 걸어 오늘치만 구해달라고 애걸했다. 차 키를 들고 뛰어나갔다. 운전하는 내내 김치 수급 상태를 체크, 한곳으로 모아 싣고 들어왔다. 팀원들에게 김치를 썰어 담으라고 오더를 주고 오피스로 쳐들어갔다.

"It's fucked up!"

화산 폭발이었다. 김치 사태를 일으킨 병맛 독일인 마티를 고발했다. 나보다 먼저 들어와 회사 내에 신임받는 팀이었던 마티의 부서는 이후 한동안 고전을 면치 못했다.

어찌어찌 비상사태를 해결한 나는 고생한 우리 팀원들을 데리고 회식을 하러 갔다. 한동안 잊고 지냈던 블러디 메리가 생각나서 팀원들에게 한 잔씩 돌렸다.

"왜 하필이면 블러디 메리에요?"

동료들의 물음에 나는 이렇게 대답했다. 블러디 메리는 붉은 핏빛만큼이나 따뜻하고 끈끈한 동료애의 상징이라고.

블러디 메리. 월요일의 칵테일 블러디 메리는 내 찬란하고 고단했던 미국 라이프의 꽃이었다. 처음 경험한 칵테일이었고 동료들에게 그 참맛을 배웠으며 나중에는 내가 후임들에게 가르쳐준 술이었다. 수많은 화려한 칵테일 가운데 워커를 위로하는 노동의 술이며 뜨거운 날것의 인생, 그것을 받아들이는 겸손함이 담긴 술이다. 오늘 하루가 변함없이 고되었다면, 저녁을 먹어도 허기가 다 채워지지 않았다면 집에 가는 길에 허름한 바에 들러 온갖 가니쉬로 뒤덮인 블러디 메리를 한잔 시켜보시라. 오늘도 괜찮은 날이었다고, 뜨겁게 살아낸 하루였다고 스스로를 위로할 수 있을 것이다.

1) 셰프복을 세탁, 관리해 주는 부서

2) stage: 정식 채용된 근로자가 되는 것은 아니지만 일을 경험해 볼 수 있는 기회. 하루가 되기도 하고 한 달 이상이 되기도 한다. 미래의 채용이나 스타쥬 일자는 레스토랑과 지원자가 협의.

3) amigo(친구): 영어가 안 되는 히스패닉 이민자들, 또는 불법 체류자들이 대부분 디시 워시를 맡는다. 주방에서는 이들을 일명 아미고라 부른다.

4) sauerkraut: 독일식 양배추 절임, 발효 음식

이지안

뉴욕 요리학교 The C.I.A를 졸업하고 세종대학교 대학원에서 외식경영 석사를 취득했다. 청강 문화 산업대 푸드 스쿨 조리전공 교수.
미국 카지노 리조트 호텔 프렌치 레스토랑 레인, 뉴욕 미슐랭 프렌치 레스토랑 다니엘에서 일했고, 뉴욕 JFK-인천 ICN 아시아나 기내식을 총괄했으며 YouTube – Lily's Kitchen 채널을 운영, MBC '어부의 만찬'에 출연한 바 있다.

화요일의 칵테일

코스모폴리탄 같은 여자

이화선

2001 설날특집 SBS 뉴스타 대행진이 녹화 중인 방송국 대기실. 출연자 '이화선'이라는 이름이 '핑클', 'SES', 'UN' 등 당대 스타들의 이름과 어깨를 나란히 하고 올라가 있었다. 얼떨결에 나갔던 슈퍼모델대회에서 운 좋게 수상을 한 뒤 방송에 나가고 화보를 찍고 패션쇼에 서며 들뜬 기분을 맛보던 어수선한 연말이 지나고 내 인생의 새로운 출발을 알리는 설 명절이 되었다. 슈퍼모델대회에 참가했을 때도 떨리긴 했지만 새해의 뉴스타로 선정된 그 순간만큼은 아니었다. 태어나 처음 받아보는 스포트라이트에 정말 잘 해보고 싶다는 욕심이 생기기 시작했다.

데뷔한 지 얼마 안 되는 신인 듀오 UN이 "안녕하세요. UN입니다!" 인사를 구호처럼 외치며 출연자 대기실을 돌고 있었다. 콜 타임보다 일찍 도착해서 호흡을 가라앉히며 들뜬 마음을 진정시키려고 애쓰고 있는데 이효리가 지나갔다. 나도 모르게 "야! 이효리!" 하고 소리를 질렀다. 뒤돌아본 효리는 특유의 눈웃음을 지으며 다가왔다.

"어? 반장! 뭐야? 네가 왜 여기 있어?"

핑클의 효리와는 사실 고2, 고3 내내 같은 반이었던 동창이다. 같이 어울려 놀던 단짝은 아니었지만 그림도 잘 그리고 손재주가 좋아서 환경미화 때 시간표며 각종 판넬 등을 열심히 꾸미고 도와주던 고마운 친구였다. 이제 연예계 선배가 된 효리는 범생이었던 반장이 걱정되었는지 날 붙잡고 여러 가지 가이드를 주었다. 아무한테나 전화번호 주지 말고, 술자리에서 많이 마시지 말고, 회식에 늦게까지 남아 있지 말고... 제주라이프를 통해 사람들을 힐링시켜 주는 요즘의 효리를 보면 그녀는 언제나 세상을 앞서 살고 빠르게 겪어내면서 남다른 깨달음을 얻은 것 같다. 또래의 친구들이 사회에서 앞서나가는 모습을 보게 된 그날의 특집 방송은 어영부영 연예계에 입성한 나에게 여러모로 진지한 각오를 심어 준 날이었다.

나에게는 도박에서 말하는 '초심자의 행운'이라는 게 늘 따랐던 것 같다. 심기일전했던 뉴스타 대행진 이후 틀면 나온다고 '수도꼭지'라는 별명이 붙을 만큼 스케줄이 많아졌다. 시트콤, 드라마, 라디오, 엠씨 등으로 활동 범위를 넓히며 공중파 3사 메인 오락프로그램에 연타로 출연했다. 문제는 대인관계였다. 술을 못 마시는지라 회식이 편하지가 않았고 좌중에 나를 여자로 보고 다가오는 사람이라도 있으면 그야말로 좌불안석이었다. 20대의 나는 그야말로 아무것도 모르는 뻣뻣한 대나무였다. 여중, 여고, 여대 풀코스를 밟은 나는 딸 둘뿐인 집안의 장녀로 아들 노릇을 하며 자랐다. 학교에서는 리더로, 반장으로 공동체를 책임져야 한다는 강박증 비슷한 게 생겼다. 남자들에게 잘 보이고 싶은 게 아니라 경쟁심을 느끼다 보니 상대가 호기심으로 다가오든, 순수한 호의로 다가오든 간에 좋은 관계를 이어가지 못했다. 하지만 아이러니하게도 이런 성격이 남자들의 세계인 레이싱으로 나를 이끌었다.

레이서들이 역동적일 것 같지만 운전의 본질은 앉아서 조종하는 것이다. 그들의 취미가 게임이나 낚시가 많다는 것을 아는지? 나 역시 레이싱에 입문하기 전 리니지 게임을 즐겼다. 연예인 유저 중에 레이싱 동호회를 이끌던 감독님이 혈맹 군주라서 그분의 초대로 용인 스피드웨이를 찾았다가 얼결에 아마추어 이벤트 경기에 출전을 하게 된 것이다. 그런데 이게 웬일? 재미로 나간 첫 출전에 1등을 해버린 것이다. 영화에서나

보던 샴페인 세리머니로 온몸이 흠뻑 젖던 순간의 환희는 잊을 수가 없다. 남자들의 전유물인 레이싱 경기장. 나를 여자가 아닌 오로지 선수로만 대하는 그들에게서 편안함을 느꼈다. 비인기 종목이지만 순수한 열정을 다하는 그들의 모습은 감동 그 자체이기도 했다.

아마추어 경기 경험이 쌓이자 프로 데뷔 제안을 받았다. 2009년, 명실상부 국내에서 가장 권위 있는 CJ 슈퍼 레이스 프로 경기 1600cc 신인전 클래스에 출사표를 냈다. 데뷔 첫해 2위 포디엄까지 오르자 모터스포츠 관계자들이 드라이버로 인정을 해주기 시작했다. 이너 방염 속옷과 방염 수트를 입고 방염 두건과 목 보호대에 헬멧까지 쓰면 아무것도 안 하고 숨만 쉬어도 땀이 난다. 경량화와 출력 강화를 위해 에어컨과 불필요한 것들을 제거하고 차체 프레임 재용접에 롤 케이지를 장착, 경기 규정에 맞춰 튜닝을 한 레이싱카는 그 열기를 더한다. 단 0.1초라도 랩타임을 당기기 위해 온 신경을 집중해서 서킷을 돌고 있으면 차와 내가 한 몸이 되는 물아일체의 희열을 느끼게 된다. 나를 전부 소진한 완주의 느낌은 세상 그 어떤 경험보다 짜릿했다. 2위로 체커를 받고 땀범벅이 되어 차에서 내리자 사람들의 환호성이 나를 덮쳤다. 땀과 눈물이 온 얼굴에 흘러내린다. 포디움 위에서 나 혼자 샴페인을 제대로 따지 못해서 멋진 세리머니를 연출하는 데는 실패했지만 그날의 기분은 코르크 마개처럼 하늘을 날았다.

차를 탄 지 10년이 지나 이제는 연봉을 받는 프로 레이서로 CJ 대한 통운 레이싱팀 소속으로 활동 중이다. 여성성 개발에는 도움이 되지 않지만 일종의 스포츠 선수로서 연습하고 훈련한 세월이 쌓이며 정신적으로 성장한 부분이 있다고 믿는다.

무리를 지어 다니는 다른 여자아이들과 달리 난 어릴 때부터 화장실도 혼자 다녔고 고무줄놀이, 인형놀이, 공기놀이 같은 여자아이들의 놀이 대신 말뚝박기, 자치기 등 남자아이들의 놀이에 끼었다. 성차별에 욱하고 남의 도움을 받는 걸 알레르기가 일어날 만큼 싫어해서 개나 줘버릴 자존심만 세져갔다. 누군가 날 여자로 바라보는 시선을 견딜 수 없었다. 그저 사람으로 봐 주길 바랐다. 운명의 장난인지 집 앞에 있는 남녀공학 놔두고 먼 곳의 여중, 여고로 배치받고 결국 여자대학교까지 진학, 여자들 무리 속에서 점점 더 중성화되어 갔다.

남자 사람 친구에 갈증이 나 있던 나는 대학입학과 동시에 남사친을 많이 만들겠다는 원대한 목표를 세웠다. 드디어 대망의 첫 미팅. 4:4 미팅에 나갔다가 파트너가 된 친구에게 소위 애프터라는 걸 받고 종로에 밥을 먹으러 나갔다.

"나... 너랑 사귀고 싶어. 우리 사귀자."

어렵게 꺼낸 그의 프러포즈에 나의 대답은 어처구니가 없었다.

"응, 그래. 나 남자친구 많이 사귀고 싶어. 좋아! 난 미팅을 또 잡은 거 있지? 너무 신나!"

지금 생각해보면 연애에 관한 한 나는 무뇌아 수준이었다. 그 친구는 당황한 듯 나와 진지하게 사귀고 싶다고 재차 얘기했고, 난 뭔가 커뮤니케이션에 문제가 있는 걸 직감했다.

"음... 사귀고 싶다는 게 무슨 뜻이야?"

난 정말 너무 심했던 것 같다. 뭘 모르는 수준이 아니라 아예 바보천치였다. 나만 만나길 바란다는 그의 대답에 그건 힘들 것 같다고 했다.

"난 남자친구들을 많이 만나고 싶어. 한 사람만 만나긴 싫어."

첫 미팅에서 문화충격을 받고 돌아온 나는 약속된 미팅마저 취소해버렸다. 소개팅, 미팅의 의미가 연애를 위한 남녀소개라는 걸 그제야 알았다. 애인이 아닌 친구를 찾기 위해 동호회 활동으로 방향을 바꿨다. 하이텔, 천리안, 유니텔, 나우누리. 4대 통신이 한창이던 때라 친구들과 따로따로 가입해 아이디를 나눠 쓰며 채팅을 열심히 하고 번개도 시도해 봤다.

첫 소개팅만큼이나 나의 첫 경험들은 대개 어이없는 것들이 많았다. 대학생이 되면 꼭 가보고 싶었던 곳 중 하나가 나이트클럽이었다. 나름 모범생이었기에, 친구들 또한 노는 애들이 없었다. 거기다 대학 친구들의 거주지가 중구난방 흩어져 있어 거사를 도모하기가 힘들었다. 분당 살던 시절이라 강남에서 놀다가 강남역에서 출발하는 광역버스를 타야 하는 처지였는데 친구들 주소는 광명, 연신내, 일산 등지라 학교 근처 명동에서만 놀다 헤어지곤 했다.

궁금한 게 있으면 반드시 물어보고 하고 싶은 일이 있으면 혼자서 해결책을 찾던 내가 선택한 것은 단체 채팅방이었다. '강남 나이트방', '딥하우스 같이 가실 분', '단코 번개' 이런 이름들의 채팅방들을 꽤나 진지한 마음으로 기웃거렸다. 그러던 어느 주말 오후 '강남역 단코 함께 해요 (96-98 환영)' 란 방제를 발견했다. 입장해서 자기소개를 하고 대화를 나누다가 드디어 번개가 성사되었다. 당일 저녁 7시 대여섯 명이 강남역 타워 레코드 맞은편에서 만나자고 의기투합했다. 처음으로 번개를 하면서 나이트클럽이라니. 너무나 무모하고 겁이 없었다. 엄마에게 자초지종을 설명하고 이동할 때마다 PCS 전화로 동선을 알리겠다는 약속을 하고 들뜬 마음으로 집을 나섰다. 도착하고 나서야 아차 싶었다. 무작정 시간과 장소만 정한 것이다. 연락처도 당연히 없었고, 드레스 코드나 뭔가 주고받을 만한 사인도 없었다. 365일 24시간 북적대는 강남역 출구에서 말이다. 힐끗힐끗 주변 사람들을 둘러보며 얼마나 서 있었을까... 속으로는 '아, 창피해. 내가 지금 뭐 하는 거냐?' '그만 집에 갈까?' '결국 번개도 실패인가?' 온갖 잡생각을 하며 태연한 척 애쓰는 중이었다. 몇 번 나와 눈이 마주친 강남역 대기자들 중에서 키 큰 남자 하나가 쭈뼛거리며 말을 걸었다

"저기... 유니텔... 강남... 단코..."

순간 좀 무섭기도 했지만 뭔가 그 상황이 웃겨서 풋! 웃음을 터뜨렸다. 말을 건 남자도 멋쩍게 웃었다. 둘이서 20분을 더 기다렸지만 일행을 더 만날 수는 없었다.

"누가 더 올 것 같지 않네요. 혹여 온다 해도 서로 알아볼 방법도 없구... 그냥 우리끼리 밥이나 먹으러 가죠?"

분명 옆에서 우리를 흘끔거리는 사람이 몇 있었다. 혹시나 일행일까 싶은 심증은 있었지만 확증이 없었다. 눈빛이 마주쳐도 그 누구도 키 큰

남자처럼 먼저 말을 꺼내지 않았다. 고대 97학번이었던 그와 숙대 98학번이었던 나는 서로 학교생활 얘기도 나누고 몇 시간 전 채팅방 얘기를 다시 꺼내며 이 우스운 상황을 수습하기 시작했다. 결론부터 이야기하자면 전설의 '단코'는 가지 못했다.

"둘이 나이트 가는 건 좀 그렇죠?"

애프터를 제안했던 키 큰 남자는 그 뒤 몇 번을 더 만났지만 끝까지 나를 '단코'에는 데려가지 않았다. 그 나이트클럽은 얼마 지나지 않아 문을 닫았고, 나는 영원히 단코에 가볼 수 없었다.

첫 키스의 추억도 웃플 뿐이다. 그 당시 조인트 동문회나 동아리 활동으로 알게 된 또래들, 입학하자마자 준비했던 행정고시 스터디 모임 선배들은 전부 자존심이 강한 사람들이었다. 내 방어벽을 뚫으면서까지 용기를 내는 사람은 드물었다. 간혹 드라마처럼 학교 앞에 장미 한 송이를 들고 찾아온 남자들은 있었다. '나 너랑 결혼하고 싶은데, 지금부터 사귈래?' 사귀기도 전에 결혼을 운운하는, 나만큼이나 서툴고 책으로 사랑을 배운 얼치기들이었다. 지금이라면 청혼부터 하고 보는 고마운 매너라고 생각하겠지만 당시에는 연애도 못하고 있는데 느닷없이 결혼까지 이야기하는 남자들에게 엄청난 부담을 느끼고 도망치기 바빴다.

그러던 어느 날, 자주 가던 PC 방에서 알바생 오빠와 친해졌다. 따로 데이트랄 것도 없이 PC 방에 놀러 가서 혼자 게임을 하곤 했는데 하루는 영화를 보러 가자고 했다. 나는 영화에도 한이 많은 사람이었다. 고등학교 졸업 때까지 극장에서 본 영화는 달랑 '쥬라기 공원' 한 편이 전부였다. 가끔 부모님이 화제의 비디오를 집에서 보여주기도 했는데 어처구니없게도 자체 편집이 된 버전이었다. 편집본이어도 잊을 수 없는 작품이 데미 무어 주연의 '사랑과 영혼'이다. 부모님이 미리 영화를 보고 남녀주인공이 밀착해 있거나 스킨십이 있는 장면들을 다 파악해놓았다. 영화를 틀어주기는 하는데 리모컨을 들고 애틋한 러브신이 볼 만하면 스톱, 또다시 집중할라치면 키스신에 스톱을 걸고 빨리 감기 버튼을 누르셨다. 이런 집안 분위기였으니 남녀 문제에서도 나는 완전 젬병일 수밖에. 그런 수준의 내가 그 피시방 오빠와 '미술관 옆 동물원'이란 인생 영화를 보게 되었다. 감동에 취해 영화관을 나오는데 엘리베이터 앞에 사람이 많아 계단으로 내려가게 되었다. 높은 층수라 계단을 이용하는 사람은 거의 없었다. 바로 거기서! 그가 키스를 시도했다. 놀라서 어쩔 줄 몰랐지만 귓가에 종소리가 들리나 안 들리나 신경을 썼던 것으로 기억한다. 할리퀸 로맨스 책에는 운명의 상대와 키스를 하면 종이 울린다고 쓰여 있었다. 현실에서 종소리는 들리지 않았고 내가 어찌나 입을 꽉 다물고 있었던지 그가 입술에 힘 좀 빼라고 투덜거렸다.

그리고 며칠 후, 그에게서 어이없는 이메일 한 통이 왔다. '술을 못 마시고, 치마를 안 입고, 당구를 못 쳐서 못 만나겠다'는 세 가지 이유를 들어 이별을 통보한 것이다. 사귀기도 전에 차이다니 이게 무슨 황당한 상황인가 싶었는데 나중에 그의 친구에게 진상을 전해 들을 수 있었다. 그는 사실 입대를 한 달 남긴 상황이었다. 편지 주고받고, 면회 와 줄 여자친구를 만들어놓고 가는 게 목적이었는데 내가 뭘 몰라도 너무 몰라서 만나기가 미안할 정도라 헤어지자고 했단다. 어떤 말로도 이별을 통보한 이메일의 충격이 가시지는 않았다. 내 첫 키스를 그에게 빼앗겼다는 설익은 분노만이 남았을 뿐.

다시 학교생활로 돌아가 행정고시를 준비하며 바쁘게 살고 있는데 친구가 'SBS 슈퍼모델선발대회'를 같이 지원하자고 했다. 슈퍼모델? 그 대회에 나가면 패션쇼에 서는 모델이 된다고? 큰 키가 늘 콤플렉스였던 나는 호기심이 발동했다. 여행 가신 엄마가 부재중인 틈을 타서 원서를 접수했는데 덜컥 서류가 붙어버렸다. 부모님 허락도 안 받고 예선에 나갔다가 새로운 세상을 보았다. 놀라웠다. 나보다 큰 여자들 1,200명이 줄줄이 번호표를 달고 있던 모습은 지금도 잊히지 않는 장관이다. 세상에나! 우리나라에 키 큰 여자들이 이렇게나 많았단 말인가! 큰 키가 싫어서 꾸부정하게 다녔던 내가 더 커 보이기 위해서 까치발을 들고 허리를 꼿꼿하게 세우는 날이 올 줄이야. 그 무리에 속해 있기만 해도 자신감이

생겼다. 심지어 거기서의 나는 키가 작은 편이었다. 밀레니엄이 시작되는 2000년, 만 21세. 대학교 3학년. 나는 그렇게 그동안의 세상과는 완전히 다른 새로운 세상에 발을 들여놓게 되었다.

옮겨간 세상의 사람들은 나를 완전 여자로 대했다. 게다가 쭉쭉 빵빵 슈퍼모델로! 내 인생이 롤러코스터를 타기 시작했다. 남녀의 케미스트리, 사랑... 데이터와 경험이 없었던 나는 내 안에서 일어나는 좋고 싫은 감정들을 어떻게 처리하고 표현해야 하는지 알지 못했다. 내가 아는 연애는 신데렐라나 백설 공주 같은 어릴 적의 동화나 여고 시절 때 친구들끼리 돌려 읽었던 로맨스 소설이 다였다. 동화 속 연애감정을 꿈꾸던 나는 스킨십부터 하려는 남자들에게 지레 겁먹고 상처받았다. 숨고 도망 다니기에 급급한 나의 연애 고충을 듣고 같이 일하던 피디가 말했다.

"우리나라는 남녀가 성인이 될 때까지 사랑하는 법에 대해 아무도 가르쳐주지 않아. 이성 간의 관심이 생기는 건 당연한 건데 학교나 부모가 애써 언급하지 않고 차단만 하니까 각자 다른 루트로 접하는 거지. 여자는 로맨스 소설, 남자는 포르노!"

다른 사람들은 포복절도했는데 나는 마냥 웃기지만은 않았다. 여자들은 '그들은 결혼하여 오래오래 행복하게 살았습니다.'라는 엔딩이 담긴 동화 속에서 사랑을 꿈꾸었기에 누군가를 만나면 그와 결혼해서 행복할지 어떨지를 무의식적으로 생각하게 된다. 본인이 현재 결혼을 갈망하지도 않으면서 말이다. 반면 남자들은 여자를 만나면 그녀를 제대로 사귀기도 전에 잠자리가 어떨까, 만족스러울까를 생각하는 것이다. 연애 고수들은 잠자리까지 넘어가는 과정에서 자신들의 목표가 노골적으로 드러나지 않게 하는 능숙함이 있는 것이고 서툰 남자들은 목표를 일찍 들키고 만다는 차이가 있을 뿐. 물론 아예 처음부터 연애라는 노력을 할 생각도 없는 후안무치한 남자들도 있다. 이래저래 20대는 연애가 많은 게 아니라 사고가 많은 나이인 것 같다.

막내 이모랑 닮아서 사. 귀. 고 싶다는 말도 안 되는 이유를 들이밀던 연하남부터 일찍 사회생활을 시작한 나에게 군대도 면제받은 대학생 신분으로 수많은 충고를 하며 어른인 척하던 동년배, 결혼한 주제에 뻔뻔하게 대놓고 유혹하는 유부남까지. 현실에 로맨스 소설의 주인공 같은 남자는 없었다. 나이가 어리면 서툴러서 머릿속이 빤히 읽히고 나이가 있으면 속을 알 수 없는 능구렁이처럼 보였다.

좋은 사람들도 있었지만 최악의 사람들도 많았다. 스토커처럼 만나 달라고 매달리며 힘들게 하는 사람도 있었고, 사회생활이니까 억지로 웃어주고 자리를 지켰더니 자신을 허락하는 거로 착각하는 남자들은 왜 그렇게 많은지. 거절하면 다른 여자라도 소개해달라고 한다. 애초에 날 좋아하긴 한 거니? 고백한 여자한테 또 다른 여자를 소개해달라는 개매너는 뭔지. 어떻게 수준 이하의 요구들을 저렇게 당당하게 이야기할 수 있을까 놀랍기만 하다. 하지만 그들은 오히려 나를 세상 모르는 답답이로, 현실감 없는 덜떨어진 여자 취급을 한다. 자신의 권력을 과시하며 무리한 요구를 하는 남자들은 또 얼마나 많은가. 강압적으로 술을 권하는 무례한 사람들은 부지기수였다.

선배가 권하는데 술을 안 받아? 원샷 하라는데 안 해? 그래서 사회생활 잘하겠어? 여자가 술을 마시면 적당히 취하고 그래야 매너가 있는 거지. 너처럼 이리 빼고 저리 빼면 못 써.

말도 안 되는 수작과 궤변에 지쳐 어느 순간부터 사람들을 피하게 되었다. 좋은 사람도 있었을 텐데 정신적으로 지쳐서 모두에게 마음의 문을 닫아버렸다. 일방적으로 연락 끊고 잠수 타는 사람을 제일 싫어했는데 어느덧 내가 그렇게 행동하고 있었다. 깊이 없이 넓히기에만 집중하던 인간관계가 쓸데없이 느껴지고 에너지를 엉뚱한 곳에 낭비하고 있는 느낌이었다. 휴지기를 거쳐 오랜 지기를 다시 만나게 되고, 적지만 진짜 내 편인 사람들을 찾게 되고, 소중한 그들에게만 에너지를 쏟게 되었다. 그리고 내 사람들이 쌓여가자 고난을 뚫고 나갈 자신감이 생기는 것을

느꼈다. 아닌 걸 맞닥뜨렸을 때 아니라고 말할 수 있는 용기가 생겼다. 꾹꾹 쌓아놨다가 느닷없이 화를 내는 것이 아니라 세련되게 웃으며 표현하는 여유를 배웠다.

결혼은커녕 연애도 쉽지 않은 나는 주변에 결혼한 사람들을 보면 너무나 신기하고 대단해 보인다. 그래서 기혼자들에게 질문을 많이 한다. 무엇 때문에 결혼을 결심했나, 결혼을 하면 무엇이 좋으냐... 대체로 공통된 답은 딱히 엄청 스페셜한 이유로 결혼을 결심하지는 않았다는 것이다. 결혼은 타이밍이란다. 결혼할 상황과 마음의 준비가 되었을 때 만나는 사람이 있다면 하게 되는 것. 그게 결혼이라나?

20대에는 아무리 괜찮은 남자라 해도 그쪽에서 결혼에 관심을 보이면 만남을 시작하지도 않았다. 그 시절의 내 기도는 이런 것이었다.

'지금 제게 좋은 사람을 보내지 마시옵소서. 놓치고 싶지 않고, 헤어질 수 없는 인생의 반려자는 30대 중반쯤 보내주시옵소서. 지금은 엄청 아파도 좋으니 미친 사랑 한번 해보고 싶어요. 제가 그런 감정을 느낄 수 있게 해 주세요.'

우리 삶의 근본 에너지는 나를 태어나게 한 가족이지만 나이가 들면서 더 이상 투정을 부리거나 내 삶의 고민들을 나눌 수 없게 되는 때가 온다. 어릴 적 내가 당신에게 그랬던 것처럼 이제는 엄마의 투정을 받아들여야 했다. 아버지까지 돌아가시면서 엄마와 여동생을 책임져야 한다는 생각으로 긴장의 끈을 놓을 수가 없었던 나. 가족이란 울타리에서 나의 역할은 점점 더 큰 바위가 되어 가고 있었다.

가장이라는 처지, 선택을 기다려야만 하는 배우라는 직업. 사회생활은 나를 감정적으로 솔직해질 수 없게 내몰았고 화려하게 시작했던 데뷔 초와 달리 나이가 들며 점점 자각이 깊어지는 꿈과 현실의 괴리에 자신감을 상실해가고 있었다. 가장 중요한 나 자신을 돌보지 못하고 사랑을 주지 못하고 있었던 것이다. 하지만 고갈되어가는 내 마음에 사랑의 물이 담기기 시작하는 때이기도 했다. 누군가 따뜻한 말 한마디를 건네면 눈물이 글썽여지고, 따스하게 안아주면 마음이 무너졌다. 사랑은 내 인생의 우선순위도 아니었고, 남자한테 위안을 구하는 타입이 아니라고 생각하며 살아왔는데 내가 힘이 빠지니 사랑이 큰 힘이라는 걸 알게 된 것이다.

진짜 내 편을 만들고 싶어졌다.

나는 첫눈에 사랑에 빠지지도 않고 금사빠도 아니다. 나는 동양란처럼

오래 지켜봐 주고, 때를 잊지 않고 물을 주고, 잎을 닦아주고, 정성과 사랑을 주는 사람을 기다린다. 진심이 담긴 애정을 주는 사람에게 관심의 씨를 싹 틔우고 화려하진 않아도 수수하며 향이 오래 가는, 그런 사랑의 꽃을 피우고 싶어 한다. 이런 나에게 은근히 계속 신경 쓰이는 사람이 생겼다. 이름은 제이슨. 미국에서 살고 한국에 사업차 드나드는 남자였다. 식사 자리에 몇 번 합석하게 된 것이 인연의 시작이었다. 몇 번 시선이 마주쳐서일까? 유난히 말수가 적은 모습이 신경 쓰였던 것일까. 인사 외에는 서로가 대화도 하지 않았는데 이유도 모르게 그 사람의 표정과 분위기가 마음에 남았다. 그러나 소심한 나는 어떤 시도도 하지 않았다. 시간은 그냥 흘렀다.

반년 후, 남사친 무리 중의 하나인 준기 오빠의 생일파티에 초대를 받았다. 청담동 라운지 스틸을 전세 낸 프라이빗 파티에 그 사람이 왔다. 이미 기억 속에서도 잊었을 무렵이었는데 뜻밖에 재회하게 되니 운명인가 싶어 가슴이 두근거렸다. 처음으로 대화를 나누게 되었다. 나지막한 울림의 그 목소리를 좀 더 듣고 싶었다. 용기 내어 명함을 건넸다.

그날 이후 우리는 따로 식사하는 사이가 되었다. 남녀의 대화가 아니라 그냥 사람과 사람의 대화, 서로의 일상에 대한 이야기, 시시콜콜한 잡담을 쉼 없이 주고받았다. 식사 자리가 몇 번이나 이어졌을까. 둘 다 술을 못 하는지라 늘 밥만 먹고 헤어졌는데 그가 칵테일을 한잔하자고 했다. 칵테일 바는 기분 좋은 설렘을 주는 곳이다. 적당히 어두운 조명과 혼자 가도 어색하지 않은 바 테이블, 바텐더에게 취향을 얘기하면 알아서 만들어주는 칵테일을 기다릴 때의 기대감이 좋다. 마치 어릴 적 명절 연휴에 판매하던 종합선물세트를 개봉하기 전의 심정이랄까? 어떤 과자가 나올까 상상하면서 떨림을 즐기던 기억. 사실 제과업체의 재고 처리용이기도 한 박스 안에는 잘 팔리지 않는 인기 없는 아이템들이 반 이상이었다. 그래도 좋았다. 호기심을 자극하는 미지의 박스를 열어보던, 개봉 직전의 그 느낌을 사랑했다. 칵테일 바에서도 나는 '알아서 만들어주세요'가 정해진 주문이었다. 칵테일 종류를 잘 알지 못해서기도 했지만 기다리는 동안 설레는 게 좋고 바텐더가 내주는 술의 스토리나 레시피 이야기를 듣는 것이 즐거웠다.

우리를 다시 만나게 해 준 장소, 스틸로 가서 테이블을 잡았다. 금주령 시대의 비밀 아지트를 콘셉트로 한 스틸은 출입문 찾기도 쉽지 않다. 그러나 비밀의 문을 넘어서기만 하면 손님을 다른 시대, 다른 공간으로 들어간 기분이 들게 하는 작지만 특별한 공간이다. 그날도 바텐더 맥스에게 '알아서 만들어주세요'를 시켰고 음악을 들으며 분위기를 즐기고 있었다. 우리는 대화를 하다가 종종 아무 말도 없이 서로를 계속 바라만 보는 일이 잦았다. 그날도 음악에 맞춰 콧노래를 흥얼거리고 있는 나를 빤히 바라만 보던 제이슨이 조심스레 말을 꺼냈다.

"술을 많이 알지는 못하지만 추천해주고 싶은 칵테일이 있어요. 다 마신 거 같은데 다음 건 제가 주문해도 될까요?"

그가 주문해준 칵테일은 뜻밖에도 '코스모폴리탄'이었다. 마셔본 적은 없었지만 여자들 사이에서 화제였던 미드 '섹스 앤 더 시티' 주인공들이 즐겨 마시는 칵테일이란 것쯤은 알고 있었다.

"아! 코스모폴리탄! 드라마에서 보고 마셔보구 싶었어요. 색이 너무 은은하니 예쁘네요!"

내가 호들갑을 떠니 그가 설명을 덧붙인다.

"좋아할 것 같았어요. 왠지 어울린다 싶었거든요. 여성스러워 보이는데 도도하고 차가운 느낌이 있어요."

한 모금 마셔보니 그가 그렇게 말한 이유를 알 것 같았다. 은은한 크랜베리 핑크향이 지극히 여성적인데 혀끝에서는 라임의 톡 쏘는 새침함이 느껴졌다. 나에게 끌리고는 있지만 쉽게 다가가기 어렵다는 뜻인가?

차마 대놓고 물어볼 수 없는 여러 가지 추측이 머릿속을 휘젓는다. 나는 이렇게 상대방이 별 이유 없이 한 행동이나 무심코 뱉은 말 한마디로 혼자서 우주를 창조하는 사람이다.

"...그리고 존댓말 하지 말아 달라고 계속 말했는데... 진짜로 말 못 놓네요. 지금부터 우리 서로 말 놓아요. 좀 더 편하게, 친하게 지내고 싶어요."

그는 아주 조심스럽게 내 마음을 살뜰히 지켜주며 말했다. 칵테일 한 잔에 담겨 있는 그의 마음, 말을 놓자는 제안의 속뜻. 내가 괜찮다고 해도 괜찮지 않음을 알아주는 사람. 어떻게 여자의 마음을 이렇게 잘 아는 것일까 싶어 별자리가 뭐냐고 물었다. '처녀자리'라는 대답을 듣고 크게 웃었다.

"그래서 여성의 감수성을 잘 이해하시나 봐요. 공감 능력이 좋으시네요."

제이슨은 정말 편안하게 다가오는 재주가 있었다.

"요새는 남녀 모두 결혼 안 해도 돼요. 나이 때문에 결혼해야겠다 그런 생각은 하지 말아요. 사랑한다고 다 결혼하는 것도 아닌 것 같아요."

결혼에 대한 나의 부담감과 경계심을 미리 알고 해제시킨다.

삼십 대의 여성을 대하는 다른 남자들은 몇 번 만나기도 전에 결혼하면 일은 어떻게 할 것인지, 살림 수준은 어느 정도인지, 출산과 육아에 대해서는 어떤 생각인지 은근슬쩍 테스트를 하면서 상대방에게 부담을 준다. 나 역시 상대가 누군지 잘 알기도 전에 '이 사람과 결혼을 하면 어떨까?', '우리가 결혼을 할 수 있을까?' 헛된 상상을 하며 스스로 부담감을 만들었다. 그래서 있는 그대로의 날 표현하지 못하고 나 홀로 생각만 온 우주를 배회하다 끝내고 마는 공허한 연애의 반복이었다. 무사히 백년해로하고 저 멀리 한날한시에 생을 다할 수 있을까. 벌어지지도 않은 미래에 대한 걱정으로 눈앞의 현재에 집중하지 못하는 나는 만성 연애 불능 환자였다.

"결혼은 아직도 자신이 없고. 맘을 다 줘 본 경험이 없어서 누군가를 미친 듯이 그리워한 적도, 헤어져서 죽을 것처럼 아파본 적도 없어요. 드라마나 영화 속 러브스토리에는 완전 감정 이입이 되는데 현실에서는 왜 이리 겁이 많은지 힘드네요."

상대에게 한 번 다 줘 보라고, 정말 아낌없이 다 내어주라고 조언하는 그는 가랑비에 옷 젖듯이 어느덧 내 마음 한편을 차지해가고 있었다.

머릿속과 마음속에 들어와 있는 것처럼 굳이 말하지 않아도 내 생각과 기분을 잘 읽어내던 사람. 늘 자신보다 내 기분이 우선이었고 손 한 번 잡아보려는 어설픈 시도조차 하지 않는 그가 고마웠다. 대신 그 사람은 눈을 잘 맞추었다. 눈빛으로 내 머릿속과 마음을 내시경 검사를 하는 의사 같았다. 어떠한 스킨십도 시도하지 않는 그가 편안해지면서 정신적인 안정감을 느꼈다. 그가 준 휴식 속에서 늘 남의 시선을 신경 쓰고 세상의 평가를 중요시하면서 정작 내 마음을 들여다보지 않고 돌보지 않았던 나를 깨달았다. 가족을 비롯한 주변 사람들에게 인정받으려하고 좋은 사람, 바른 사람이어야 한다는 강박관념이 지나쳐 나를 사랑해주고 또 사랑받기 바라는 연인에게조차 그 강박 속에서 행동하던 나. 꿈꾸는 세상과 내가 살아내고 있는 세상의 괴리가 컸기에 불만족과 짜증이 커져갔던 것을 알았다.

내가 불편하면 상대도 불편하다. 내가 마음을 다 열지 않으면 상대도 다 주지 않는다. 기브 앤 테이크의 공정거래가 이치인 세상에서 나는 사랑을 덜 주고 더 받으려는 불공정거래로 연애를 이어가려고 했다는 것을 깨달았다. 상처 주는 것도, 받는 것도 싫어서 속마음을 있는 그대로 표현하지 않고 적당히 좋은 선에서 사람들과의 관계를 유지했던 습관. 유리벽을 쌓아놓고 사람들을 그 밖에서만 만나고 다시 나만의 성으로 들어와 꼭꼭 숨던 그동안의 내 모습이 똑똑히 보였다. 이토록 나를 변화시키고 다독여주는 그가 너무 감사했다. 아가페, 에로스, 플라토닉. 세 가지 사랑 중에서 플라토닉 러브를 이상적인 사랑이라 여기던 나에게 그의 섬세함과 배려는 최고의 사랑이었다. 아니... 사랑이라고 착각했었다.

그가 왜 어떠한 스킨십도 시도하지 못하고 주저하고 있었는지는 나중에 알게 되었다. 나에 대한 배려가 아니었다. 죄책감이었다. 미국으로 돌아간 그가 다시 서울로 출장 오길 기다리며 밤마다 페이스 톡으로 그리움을 쌓아가던 어느 날, 국제전화 한 통이 걸려왔다.

"이화선 씨 핸드폰인가요?"
"네, 제가 이화선인데요..."
"여기 뉴욕인데요... 제이슨 아시죠?"

낯선 여자의 국제전화에서 그의 이름이 나오자 겁이 더럭 났다. 무슨 사고라도 났나?

"전 그 사람 약혼녀에요."

난 내 귀를 의심했다.

"두 달 후가 결혼식인데... 결혼 준비는 안 하고 자꾸 서울만 들어가려고 해서 핸드폰을 봤어요. 사진폴더에 화선 씨와 찍은 사진들이 있더군요. 카톡도 확인했구요. 두 분 남녀 사이로 만나온 거 맞죠?"

숨이 멎을 것 같았다. 사고는 사고였다. 그에게 난 사고가 아니라 나에게 난 사고라서 그렇지. 정신을 똑바로 차리고 제대로 대처하기 위해 애를 썼다.

"오해가 있으신 거 같네요. 지인들과 함께 자리한 적은 있지만 심각한 사이는 아닙니다. 약혼하신 줄은 몰랐지만 신경 쓰실 만한 일은 없습니다."

사실이기도 했고 아니기도 했다.

"구차하지만, 제 입장에서 이제 와 결혼을 무를 수는 없어요. 제이슨, 더 이상 흔들지 말아 주세요. 화선 씨가 알아서 연락 끊어주기 바래요."

청천벽력 같았던 국제전화가 어떻게 끝났는지 기억이 제대로 나지 않는다. 제이슨에게 당장 전화를 걸어 따지기보다 5년 지기 남사친 준기 오빠를 찾아갔다. 확인을 해야 했다. 이게 어떤 미친 여자의 장난 전화가 아니라는 걸.

"타이밍을 보고 있었어. 그 친구 너무 가까이하지 말라고 경고해 줄. 결혼할 여자가 있는 놈이니까."

사실이었다. 무참했다. 감정을 추스르기 전에 눈물이 먼저 터져 나왔다. 준기 오빠가 티슈를 뽑아주며 한마디를 더한다.

"근데 너 이거 되게 잔인한 거야. 내 앞에서 다른 남자 때문에 우는 거."

준기 오빠의 의미심장한 멘트의 진의를 헤아려볼 여유도 없이 나는 제이슨이 결혼할 남자라는 폭탄에 정신을 못 차렸다. 아... 난 삼십 대가 되어도 어린아이처럼 내 시선으로만 세상을 바라보는구나. 제이슨은 나에게 아무런 감정이 없었을지도 모른다는 생각이 들었다. 그저 내가 여자로 다가가지 않고 '여성성'을 내세우지 않으니 진짜 편한 여자사람 친구여서 여동생 대하듯 날 살갑게 챙겨준 건가, 아니면 약혼녀에 대한 의리와 죄책감 때문에 설레는 감정을 애써 누른 걸까. 누군가 있었기에 조급하지 않게 천천히 접근할 수 있었나? 밥 몇 번 먹었다고 내 안에서 요동친 이 감정들은 요새 전생과 이생을 넘나드는 멜로드라마를 너무 본 탓에 감정 과잉이 된 걸까? 처음 봤을 때 왠지 어디선가 본 듯하고 신경 쓰이는 느낌에 전생에 인연이 있었던 건 아닌지 상상의 나래를 펴며 오버한 내가 어이가 없었다. 갑자기 여전히 철없고 현실감 없는 스스로가

자각되어 웃음이 나온다.

"넌 하여간 눈치도 더럽게 없어. 나야말로 진짜 널 좋아하는데, 그것도 모르고."

눈물도 마르고 헛웃음도 그쳤다. 내가 정색을 하고 처다보자 그가 언제 속을 보였냐는 듯 요즘 빠져 있다는 서핑 이야기로 화제를 돌린다.

"이 더위에 레이싱카 안에서 땀 그만 흘리고 시원하게 서핑이나 해."

농담인 듯 진담인 듯 속을 드러내고 언제 그랬냐는 듯이 능청을 떠는 '눈 앞의 그'가 비로소 보인다. 이 남자, 날 처음 보게 된 모임에서

"아... 제 이상형이었는데 반가워요. 실제로 뵈니까 정말 좋네요."

하면서 또 다른 화제로 슬쩍 넘어갔던 기억이 스치고 지나간다. 오랜 기간 동안 늘 내 편이었던 '눈 앞의 그'의 말을 왜 늘 농담으로만 지나친 것일까. '눈 앞의 그'야말로 동양란 가꾸듯 나를 오랜 시간 지켜보고 물주고 가꾼 사람이었을까? 아... 나는 또 상대의 말 몇 마디로 현실감 없는 로맨스 소설을 쓰기 시작한다. 하지만 현실이 내 뜻대로 되지 않는다

하여 생각마저 가둬놓는 것은 너무 삭막한 삶이 아닌가! 우주를 들락거릴 수 있는 생각이라도 마음껏 뛰어놀게 해야지. 다른 이들 눈에는 좀 바보 같고 비현실적으로 보여도 내가 날 사랑하고 토닥이다 보면, 언젠가는 전생의 인연부터 이어진 현생의 운명이 나타나겠지. 사람은 쉽게 변하지 않는다!

"이제 찬바람 부는데 서핑은 무슨 서핑이야! 다 내 슈트 입은 몸매 보려는 거지? 다 됐구, 오늘은 술이나 한잔하자. 우리 5년 동안 단둘이 술 마신 적은 한 번도 없네? 나 오늘 칵테일 한잔할 거야!"

서로의 눈빛을 그윽하게 쳐다보기만 하던 그와 달리 아무 말이나 막 하고 시시한 농담 따먹기로 몇 시간도 때울 수 있는 편한 사이가 갑자기 귀하게 느껴진다.

청담동 스틸에 다시 왔다. 제이슨이 나란 여자에게 어울린다며 권해주었던 '코스모폴리탄'이 떠오른다. 나 혼자 온 우주의 의미를 부여했을지도 모르는 그 칵테일에 연신 웃음이 났다. '알아서 만들어주세요' 대신 오늘은 바텐더 맥스에게 분명히 오더를 넣는다.

"코스모폴리탄이요!"

나를 닮았다는 칵테일, 코스모폴리탄과 함께 또 다른 우주에 의미를 부여해볼 시간이다.

이화선

숙명여대 경제학과를 졸업한 모델 겸 배우.
2000 SBS 슈퍼 엘리트 모델 선발대회에서 프
리지아 상을 수상하며 연예계에 데뷔, 각종 예
능 프로그램과 드라마, 영화에서 활동하며 대
중들의 사랑을 받았다. 지금은 좀 더 영역을 넓
혀 카레이서이자 동양화가로도 활동 중이다.

수요일의 칵테일
마가리타의 추억

조현경

봄, 가을. 방송가의 개편 시즌은 방송작가들이 최고로 스트레스를 받는 계절이다. 프로그램이 없어지기도 하고 담당 피디가 교체되기도 하면서 자칫하면 작가에서 백수로 전락할 위험이 다가오기 때문이다. 경력이 쌓인 뒤에는 밀려드는 콜을 다 소화하지 못해 하루에 두 시간씩 자면서 프로그램 다섯 개에 이름을 올린 적도 있지만 아는 피디도 없고 경력도 없는 초보 때는 일이 없어질까 봐 전전긍긍, 아름다운 계절에 나 혼자 피가 마르는 기분이었다. 처음 시작했던 아침 클래식 프로그램에서 심야 가요 프로로 자리를 옮기고 밤낮이 뒤바뀐 생활에 어느 정도 적응해가던 즈음, 생방중인 스튜디오로 한 통의 전화가 걸려 왔다. 마침 전화기 앞에 있던 피디가 받았는데 표정이 심상치 않았다. 방송이 끝난 뒤에야 비로소 이유를 알 수 있었는데... 전화는 피디에게 온 것이 아니라 나를 찾는 부음이었다. 생방에 영향이 있을까 봐 방송이 끝나고 나서 알려준 소식에 망연자실, 남겨진 번호로 전화를 걸어보았다. 세상을 떠난 이는 여고 동창 메이였다. 내 연락처를 모르는 고인의 언니가 방송국으로 직접 전화를 한 것이다.

"어떻게 이런 일이...? 사고였나요? 교통사고라도 난 거예요?"

어찌 된 일인지 묻는 나에게 메이의 언니는 대답을 제대로 하지 못했다. 자살이었다. 슬픔보다 황망함이 먼저 밀려왔다. 몇 년간 교류도 없던 나를 기어이 찾아내 방송국까지 직접 전화를 건 가족들의 심정은 어떤 것이었을까. 마지막 가는 길을 지켜봐달라는 부탁이었을까, 이게 다 너 때문이라며 떠넘기고 싶은 원망이었을까. 눈물은 나오지 않았다. 장례식장에 가보니 직계가족들 외에는 조문객이 거의 없는 쓸쓸한 빈소였다. 고인의 시신을 제일 먼저 발견했다는 아버님은 술에 취해 붉은 얼굴로 몸을 가누지 못하고 계셨다. 딸의 최후를 목도한 충격에서 벗어나지 못해 알코올의 힘을 빌린 것이리라. 조문을 마치고 언니와 잠시 이야기를 나눴지만 나는 아직 슬픔을 실감하지 못했다. 솔직히 말하면 화가 났다. 분노가 일었다. 생을 버린 그녀의 선택에, 고인의 가족이 공기로 뿜어내는 나에 대한 원망 때문에.

그리고... 악몽이 시작되었다. 그날 밤부터 잠을 이루지 못하게 된 것이다. 한밤중의 생방을 마치고 자취방에 돌아가 누우면 잠 대신 한기가 몰려왔다. 손끝부터 천천히 타고 오르는 얼음장 같은 한기. 어깨를 어루만지다 목덜미로, 가슴팍으로 파고드는 그 차가운 느낌에 나는 알았다. 그녀가 왔다고. 하루도 안 빼놓고 밤마다 찾아오는 집요한 공포에 벌떡 일어나 불을 켰다. 나는 이제 불을 끌 수가 없었다.

없던 버릇이 생겼다. 집에서 나갈 때도 귀가의 순간에 대비해 늘 불을 켜고 나가는. 어둠이 무서워졌다. 나만의 둥지였던 작은 옥탑방이 안식처가 아니라 공포 영화의 현장이 되고 말았다. 집에 갈 수가 없었다. 특히나 밤에는. 나는 생방이 끝나면 밤새 술을 마시며 해가 뜨기를 기다렸다. 그런 날이 계속되니 몸과 마음이 피폐해졌다. 피디가 걱정을 했다. 지인들에게 말할 수도 없었다. 어느 누가 믿어줄 것인가. 막상 털어놓는다고 해도 해결책이 없었다. 그저 공포를 견디고 있던 어느 날, 다시 전화 한 통이 걸려왔다. 49재에 와달라는 전화였다. 가지 않았다. 날마다 밤마다 나를 찾아와 괴롭히고 있는데 49재에 가서 제를 올릴 염이 나지 않았다. 고인의 가족들과 또다시 얼굴을 부딪치는 불편한 순간도 만들고 싶지 않았다.

학창 시절, 메이는 일방적으로 나를 따라다녔다. 담임 선생님에게 몰래 부탁해서 짝꿍이 되고 반 전체가 마니또 게임을 하자고 해서 나의 마니또가 되었다. 담임은 이제 막 대학을 졸업한 풋내기였다. 스물세 살 어린 나이. 학생들을 가르치는 것도 담임을 맡은 것도 처음이어서 같은 반 친구에 대한 애정을 고백하는 학생이 예뻐 보였나 보다. 담임은 그녀를 부추기면 안 되었다. 선생이나 학생이나 어려서 사태는 걷잡을 수 없이 흘러갔다. 처음에는 그냥 우연히 짝이 된 같은 반 아이, 그 이상도 그 이하도 아니었다. 잘해주기에 나도 잘해줬다. 마니또를 공개하던 순간, 마니또조차 메이라는 걸 알고 우연치고는 이상하다 싶었지만 뭐 그럴 수도 있지, 넘어갔다.

내가 새 옷을 입고 온 날, 온 시내를 뒤져 똑같은 갈색 바지를 사 입고 왔던 그녀. 내가 머리를 자른 다음 날도 똑같은 단발로 자르고 온 것을 보고 이건 아니다 싶었다. 필터에 피를 묻혀 사랑해라고 쓴 담배를 케이스에 담아 선물이랍시고 책상 서랍에 넣어두었을 때는 오만 정이 다 떨어졌다. 그때나 지금이나 나는 담배를 피우지 않는 사람이다. 자신의 피가 내 입술에 닿기를 바랐던 것일까. 뭔가 선을 넘어간다는 느낌에 메이를 서서히 멀리할 수밖에 없었다. 나와 같이 어울리던 무리도 자연스레 그녀를 따돌리기 시작했다. 이제 그녀는 반에서 별종 취급을 받았다.

어느 날부터인가 그녀는 등교 거부를 했다. 가족들이 나를 찾아왔다. 담임도 부탁을 했다. 제발 메이 집에 가서 그녀를 만나 달라고. 나는 그녀의 등교 문제가 내 책임이 되는 것이 싫었지만 어른들의 압박에 마지못해 끌려갔다. 내가 친구가 되어주면, 나만 잘해주면 모든 것이 해결이라는 식이었다. 잘못한 것도 없는데 나쁜 사람이 되어 비난받는 것 같은 상황이 괴로웠다. 나는 어렸다. 메이를 잘라내지도, 받아들이지도 못한 채 어정쩡한 상태로 여고 시절을 보냈고 그녀와의 관계를 제대로 해결하지 못해 친구들에게 비난받으며 나 역시 왕따가 되어갔다.

메이가 싫은데 같은 왕따 처지인 나도 이제는 친구가 없어서 그녀밖에 안 남은 어처구니없는 상황이 되었다. 손꼽아 졸업만 기다렸다. 대학에 가면 다시 시작하리라, 하고 싶은 문학 공부를 하고 좋은 친구들을 만나야지. 내 인생을 새로 세팅할 거야... 기대와 다짐에 부풀었건만 이게 웬일인가. 메이가 내가 지원하는 대학, 동일학과에 가겠단다. 눈앞이 캄캄했다. 그녀와 동기가 되어 대학 4년을 또 같이 보내기는 싫었다. 메이는 아직 커트라인에 못 미쳤지만 무섭게 공부하면서 성적이 오르는 참이었다. 어르고 달래고 설득하고 화도 내고... 가까스로 그녀의 진로를 바꿨다. 메이는 미대에 진학했다. 나는 그녀의 존재가 없는 대학에서 자유를 느꼈지만 짧은 안도였다.

2학기 시론 강의 시간에 왠지 모르게 뒤통수가 서늘해져서 돌아보니 메이가 앉아 있었다. 청강을 왔단다. 그 먼 데까지. 그녀는 자기 학교는 가지도 않고 허구한 날 우리 학교로 출근을 하더니 캠퍼스 커플인 나의 첫 남자친구를 보고 질투와 선망을 동시에 표출했다. 나는 나를 향한 메이의 감정이 무엇인 줄 몰랐다. 그것이 사랑이라고 생각되지는 않았다. 내가 아는 사랑은 그런 게 아니었다. 그녀의 애정은 집착의 형태로 표출되었다. 나는 원래 스킨십을 좋아해서 여자 친구들과 손잡고 팔짱 끼는 것에 거부감이 없는데 메이가 팔을 만지면 오소소 소름이 돋았다. 뭔가 다른 의도가 있는 터치처럼 느껴졌다. 나는 더 이상 10대가 아니었다. 그녀에게 휘말리지 않고 나만의 인생을 살고 싶었다. 절연을 요구했다. 받아들이지 못하는 그녀에게 상처 주는 말을 많이 했던 것 같다. 그녀는 내 일상에서 사라졌다. 가끔 전화가 왔지만, 찾아오는 일도 더러 있었지만 무시했다. 그녀를 이해하기가 어려웠다.

그렇게 메이를 잊어가던 어느 날, 어느 밤. 그녀가 죽었다는 소식을 들은 것이다. 49재에 불참한 그날 밤, 한기는 더 이상 찾아오지 않았다. 49재. 구천을 떠돌던 혼이 갈 곳이 정해진다는 49일째 올리는 제사. 그날 밤부터 한기가 떠났다는 사실을 자각하고 공포는 심연으로 깊어졌다. 그럼 그 한기가 정말로 그녀였던가.

이제 아무 일이 일어나지 않아도 밤이 무서웠고 어둠은 공포였다. 나는 여전히 집에 들어가지 못했다. 일부러 스태프들과 회식을 만들었다. 여의치 않으면 해가 뜨기를 기다리며 집 앞의 바에서 술을 마셨다. 그 바는 원래 혼자 오는 손님들이 많았다. 가끔 바텐더와 이야기를 나누며 시간을 흘려보낼 수 있었다. 어느 밤, 한 남자가 옆에 앉아 말을 걸었다. 방송국 주변 동네라는 특성상 업계 종사자나 문화예술계통 손님들이 대부분이라 합석을 하고 대화를 나누는 일이 종종 있어서 별 부담 없이 몇 마디 섞었는데 자꾸 다른 데 가서 한잔 더 하자며 귀찮게 하는 것이었다. 생각 없다며 거절을 했지만 남자는 포기할 줄을 몰랐다. 여기서 화를 내야 하나, 그냥 나가버릴까? 쫓아오면 어쩌지? 몇 가지 경우의 수를 생각하며 곤란해하고 있는데 흑기사가 나섰다.

"이봐요, 여자분이 싫다고 하잖아요. 왜 자꾸 매너 없이 부담을 주는 거예요?"

흑기사는 다른 여자 손님이었다. 바텐더까지 눈총을 주자 남자는 혼잣말로 욕설을 내뱉으며 다른 테이블로 가버렸고 나는 도움을 준 여자 손님과 인사를 나누었다.

"이럴 때는 단호하게 나가야 해요."

안도감과 함께 그녀 앞에서 작아지는 기분이 들었다. 매사에 해결책을 알고 있는 능숙한 어른 같았던 그녀의 이름은 차차. 알고 보니 동갑이었다. 집이 어딘지 물어보더니 가는 길에 내려주겠다며 나를 자기 차에 태웠다. 처음 만난 남자의 차에 타지는 않았겠지만 그녀가 같은 여자라 경계심은 옅어졌다. 헤어지기 전에 연락처를 묻던 차차. 도움과 함께 집까지 데려다준 호의를 보인 사람에게 거절할 명분은 없었다. 명함을 주었다.

명함을 준 사실조차 잊어버리고 있을 때쯤 차차에게서 연락이 왔다.

"지난번 그 바는 좀 후지더라. 내가 좋은 데를 알아요. 칵테일 한 잔 살 테니 나와요."
"난 칵테일 잘 모르는데..."
"근데 바에는 왜 왔어요?"
"그냥 맥주 마시러요."

중학교 때 조기유학으로 유럽에 건너간 차차는 런던의 미술 대학을 졸업한 뒤 영국에서 계속 일을 할지 한국으로 돌아올지 진로를 결정하지 못해 한국의 본가에서 쉬면서 휴식기를 갖는 중이었다. 집안도 유복하고 유럽에서 학창시절을 보낸 덕인지 견문이 넓었다. 지방 출신에 알바만 하며 대학 시절을 보내느라 청춘을 제대로 즐긴 적이 없던 나는 먹고 마시는 일에도 경험치가 적었다. 차차는 그런 나에게 많은 첫 경험을 시켜주었다. 그중 한 가지가 칵테일이다.

여의도나 마포... 방송국 근처에서 벗어나질 못하는 나를 데리고 그녀가 간 곳은 청담동. 지하의 은밀한 바 스틸에서 나에게 권해준 칵테일은 마가리타였다. 글라스 가장자리를 라임으로 문지르고 고운 소금을 묻혀내는 비주얼이 칵알못인 나에게도 익숙했다. 테킬라 베이스의 칵테일로 소금기의 짠맛을 넘어 들어오는 새콤함이 여성적인 술이라는 인상을 받았다. 그러나 연하지는 않았다. 시고 짜고 달고... 어딘가 슬프고 아름다운 맛이었다. 바텐더 맥스가 설명을 덧붙인다.

"1949년 칵테일 콩쿠르에서 상을 탄 거예요. 미국의 바텐더 존 듀레서가 만든 건데 테킬라 베이스로는 가장 대중적인 명성을 얻은 칵테일이라고 할 수 있죠."
"마가리타... 여자 이름 아니에요?"
"죽은 애인 이름이래요. 아마 멕시코 여자를 사랑했나 봐요."

죽은 연인을 위한 칵테일, 마가리타. 그 맛의 여운을 비로소 이해할 수 있었다. 그러나... 기분은 저절로 가라앉았다. 추모의 칵테일은 나에게 그녀를 생각나게 했다. 예민한 차차가 나의 기분을 살폈다.

"안 맞으면 다른 거 시켜요. 맥주만 마신다기에 약하게 시작한 건데, 독한 거 원해?"

때로는 잘 모르는 사람에게 얘기하는 게 더 편할 때가 있다. 나는 아무에게도 드러낼 수 없었던 그간의 고통을 털어놓았다.

"제일 괴로운 건... 그녀를 볼 수 없다는 거. 죽음이라는 건... 그런 거더라. 돌이킬 수 없는. 이 세상에서 다시는 그 사람을 볼 수 없는 거. 한 번만, 한 번만 만나서 물어보고 싶은데... 그게... 안 돼."

시간이 흐르자 그녀에 대한 분노보다 자책이 깊어졌다. 좀 더 친절했어야 되는데, 내가 그냥 받아주고 말걸. 그랬더라면 스스로 생을 버리는 마지막 선택은 막을 수도 있지 않았을까.

"네 탓이 아니야. 그 사람은 너 때문에 그런 선택을 한 게 아니야."

차차가 말했다. 지금은 나도 안다. 그녀가 사실은 이복 자녀들이 섞여 있는 모자이크 가정에서 자라 고독했고, 원하는 만큼 이해받지 못하는 외로움을 나에게 기대보려 하다가 방황을 거듭했다는 것을. 대학에서도 사회에서도 적응하지 못하고 연애도 뜻대로 안 돼 절망의 나날을 보내다 결국 그런 선택을 했다는 것을. 나는 그녀의 삶에서 스쳐 지나간 한 부분이었으며 내가 책임질 수 있는 일은 없다는 것을.

그러나 그때는 몰랐다. 서툰 20대였고 죽음은 누구에게도 익숙한 일이 아니었다. 애증의 대상이 갑자기 세상을 떠나 나는 어찌할 바를 모르고 있었다. 새 친구는 나의 그런 혼돈을 조용히 지켜봐 주는 것으로 위로를 대신했다. 아빠 차를 끌고 다니던 차차는 방송이 끝나는 시간에 맞춰 방송국 주차장에 와 있곤 했다. 집에 들어가기 싫어하는 나를 홍대 앞이나 청담동, 이태원으로 데리고 다니며 시간을 때워주었다. 새로운 바에 가도 나는 늘 마가리타를 마셨다. 칵테일도 여섯 잔쯤 마시면 엄청 취한다는 것을 알았다.

"우리 여행 갈래?"

어느 정도 친해진 뒤 차차가 제안했다.

"어디로?"
"강원도에 우리 집 콘도가 있어. 가서 바다를 보자."

집이 아닌 곳이면 어디든지 좋았다. 생방송이 없는 날을 골라 일정을 잡았다. 차차가 아빠 차를 가지고 나왔다. 나는 운전면허도 없었다. 프라이빗 비치를 즐길 수 있는 속초의 콘도에 체크인을 하고 바닷가를 거닐었다. 걷다가 지치면 비치베드에 누워서 그녀의 노트북에 담긴 작품들을 보았다. 회화에서 조소, 사진, 영상까지 못 하는 분야가 없었다. 심지어 가구도 만들어서 썼다. 그녀가 만든 의자와 책상, 스탠드는 그 자체가 고독한 오브제였다. 출발하기 전에 신사동에 들러 카메라를 대여해 온 차차는 영감이 떠오르면 즉석에서 영화를 찍었다. 바닷가와 객실 안에서 만들어낸 즉흥 영상인데도 보는 사람을 집중시켰다. 나와는 차원이 다른 천재였다.

운전도 잘하고 영어도 잘하는 유러피안 차차는 또래 친구가 아니라 세련된 언니 같았다. 칵테일을 골라주고 발렌타인과 글렌피딕 같은 양주를 가르치며 내가 모르는 장소와 안 가본 핫 플레이스에 데려다준 친구 덕에 나는 서서히 불면과 우울에서 벗어나고 있었다. 훗날 성격검사를 해보니 그녀와 나는 우리나라에 1%밖에 없다는 예술가 유형의 사람들이었다. 끼리끼리 논다고 그 드문 1%가 내 주변에는 드글드글했다. 유럽에는 예술가 유형이 30%나 된다고 한다. 차차는 자신의 기질에 맞는 곳을 잘 찾아간 셈이었다. 그녀는 내가 갖지 못한 것을 다 가지고 있었다. 대학교수이신 훌륭한 아버님은 딸에게 자상하기 그지없었다. 차차와 내가 해외여행을 다녀오면 공항에 마중을 나와 주셨다. 멀리 돌아가는 길인데도 딸의 친구까지 일일이 다 데려다주고 가셨다. 사양해도 내 캐리어부터 실으셨고 송구스런 마음이 들어 그냥 큰길에 내려달라고 해도 골목골목까지 찾아들어와 반드시 대문 앞에 내려주셨다.

- 사랑은 그런 게 아니란다.

극구 괜찮다는 나를 데려다주시며 차차의 아버님이 하신 말씀은 내 가슴에 작은 파문을 남겼다. 나는 받는 것에 익숙하지 않은 사람이었다. 누가 무언가를 주고 마음을 쓰면 감사하다기보다 불편했다. 내 몫이 아닌 걸 받아드는 기분이었다. 그러나 차차와 그 가족들과 교류하며 주는 사랑을 감사히 받고 기뻐하는 것이 더 좋은 태도라는 것을 알게 되었다. 차차가 내 손을 잡고 머리칼을 쓰다듬어도 거부감은 들지 않았다. 오히려 여행 가서 한방을 쓰며 차차의 등에 붙어 자기도 하고 만나고 헤어질 때 허그나 비쥬로 인사를 대신 하면서 둘 사이의 친밀감은 농도가 짙어져갔다. 한국식보다 유럽식에 더 익숙한 그녀의 스타일이라고 여겼고 어떤 의도도 없는 순수한, 동성 간의 우정이라고만 생각했다. 구성작가로 일하던 내가 드라마 공모에 당선이 되어 영역을 넓히고 처녀작까지 출판했을 때 동료 작가나 선후배들은 시기 어린 반응을 보였지만 그녀는 진심으로 기뻐할 따름이었다.

- 우리가 같은 예술가라 서로를 잘 이해할 수 있다는 게 즐거워. 그러면서도 분야가 다르니까 너의 성공에 질투 없이, 사심 없이 오롯이 기쁘기만 한 것도 너무 좋아. 이렇게 온 마음으로 축하해줄 수 있어서 얼마나 다행인지...

다른 친구들의 반응에 상심한 나를 위로한 것은 차차의 격한 축하였다. 그녀는 런던으로 돌아갈 결심을 내비쳤다. 국내 대기업의 입사 제안을 받고 고민하던 차에 나의 당선에 자극을 받았다는 것이다.

- 실패해도 좋아. 안정된 직장인의 삶보다 내가 원하는 길을 갈 거야.

그녀가 진로를 확정 지은 것은 기뻐할 일이었으나 이별이 다가와 있었다. 매주 만나 술을 마시고 영화를 보고 함께 여행을 다니던 베프가 먼 나라로 떠난다니. 차를 타고 갈 수 없는 아득한 거리에 떨어져 있어야 한다니. 슬프고 두려웠지만 말릴 수는 없었다. 그래서도 안 되었다. 우리는 차차가 떠나는 마지막 날까지 열심히 술을 마셨다. 나는 마가리타를, 그녀는 마티니를.

런던으로 떠나는 차차를 배웅하고 돌아오는 길, 나는 차 안에서 조용히 울었다. 상실감에 온몸이 떨렸다. 도착했다는 전화를 받고 한동안은 날마다 국제전화를 했지만 매일이 이삼일이 되고, 일주일이 되고, 한 달이 되더니 더 이상은 통화를 하지 않게 되었다. 가끔 메일을 쓰고 페이스북으로 안부를 확인할 수 있었지만 우리는 이렇게 멀리 떨어져 버린 서로의 삶을 받아들였다.

그리고 열심히 일을 했다. 차차를 보러 런던에 갈 자금과 시간적 여유를 얻기 위해. 데뷔작을 말아먹어서 드라마 작가로서의 앞날은 요원해졌지만 이제 할 일도 없고 시간은 많은데 마침 통장에는 잔고가 있었다. 망설일 이유가 없었다. 런던행 비행기 티켓을 끊었다. 차차와 종종 같이 어울리던 영화 피디 은과 함께였다. 교류의 세월이 쌓이면서 차차의 가족도 알게 되고 서로의 친구를 공유하게 되었는데 은도 그중 한 멤버였다. 여성적인 분위기에 애교와 끼가 넘쳐서 어느 자리에도 잘 어울리고 남자들에게 인기도 많았다. 나와 달리 자유분방한 스타일이었지만 그녀의 넘치는 에너지는 나에게도 매력적으로 다가왔다.

유럽 노선의 장시간 비행에도 불구하고 한숨도 못 잔 것은 몇 년 만에 차차를 만나게 될 기대와 흥분 때문이었다. 차차는 차를 빌려 히드로 공항까지 마중을 나와 주었다. 조금 살이 쪘나? 어딘지 여유로워진 모습에 환하게 웃는 그녀를 와락 안아버렸다. 말이 필요 없었다. 서로를 아프리만큼 꽉 끌어안는 손길에서 눌러왔던 그리움의 무게를 느낄 수 있었다.

공항에서 런던 도심으로 들어가는 한 시간 남짓한 길은 과거로 진입하는 시간의 터널 같았다. 현대적인 빌딩이 거의 없는 도시, 과거가 현재를 살고 있는 도시. 처음 가 본 런던은 고색창연했다. 따로 명소를 찾아 관광을 하지 않아도 그저 골목에 서 있는 것만으로도 충족이 되는 곳이었다. 은과 나는 차차가 혼자 살고 있는 1구역의 맨션에 짐을 풀었다. 침실은 하나뿐이었지만 거실이 제법 커서 소파베드를 두고 한국에서 찾아오는 손님들을 재우는 공간으로 쓰고 있었다. 300년 된 집이었고 욕조에는 백 년 된 수도꼭지가 달려 있었다. 빨리 바뀌고 새것을 좋아하고 언제나 공사 중인 나라에서 온 나는 부서지고 망가지지 않는 한 좀처럼 기존의 것을 바꾸지 않는 런던의 방식이 마음에 들었다.

런던의 첫날밤, 술이 빠질 수가 없었다. 와인을 한잔하면서 데뷔작을 어떻게 말아먹었는지 그 후로 얼마나 힘들었는지를 고백하게 되었다. 내 무능에 좌절하고 믿었던 동료들로부터 배신당하고 약속했던 이후의 일들이 모두 엎어져 쓰라린 실패의 고통에 젖어 있을 때였다. 이 바닥을 잘 아는 선배는 나에게 이런 말을 했다.

- 칼만 보면 긋고 싶고 창만 보면 뛰어내리고 싶지?

그랬다. 생에 처음 겪는 실패의 고통에서 난 지옥을 맛보고 있었다. 이일의 고통은 나의 실패가 생생하게 생중계된다는 데에 있다. 동네 빵집이 망하면 동네 사람들이나 알고 끝이지만 드라마의 실패는 전 국민이다 알았다. 나는 감당할 수 있지만 부모님이 가시처럼 걸렸다. 딸의 기사를 스크랩하던 엄마가 하도 작가 욕이 많아 더 이상 신문을 쳐다보지도 않으셨다. 부모님 가슴에 못을 박은 기분이었다. 나는 마치 도망 오듯 차차에게로 날아온 것이다. 나의 하소연을 듣고 차차가 말릴 새도 없이 바닥에 무릎을 꿇었다. 깜짝 놀랐다.

- 내가 옆에 있어 주지 못해 미안해. 그 고통을 너 혼자 겪게 해서 미안해. 나를 용서해줘.

아아. 먼 곳에 있던 친구가 나의 오랜 고통을 단숨에 위로해주었다. 뜨거운 눈물이 흘렀다. 서울에서 작업하며 받은 상처가 차차의 말 한마디에 회복을 시작하고 있었다. 그녀의 우정에 가슴이 사무쳤다.

우리를 위해 스케줄을 비워둔 차차는 가이드가 되어 런던 구석구석을 보여주려고 애썼지만 나는 관광보다 차차가 고팠다. 문 닫은 화력 발전소를 현대적인 뮤지엄으로 재탄생시킨 테이트 모던을 돌면서, 관광객들로 미어터지는 템즈 강변을 걸으며, 800년 된 세인트 폴 성당 뒤의

빵집에서 갓 구워낸 빵을 기다리면서 우리는 밀린 수다를 풀어내느라 종일 떠들고 웃어댔다. 가끔 차차가 어두운 눈길로 나를 쏘아볼 때가 있었지만 크게 개의치 않았다. 런던이 주는 흥분과 재회의 기쁨에 눈이 멀어 내 안에서 올라오는 의문을 그냥 외면했다. 팬텀 오브 오페라와 시카고 같은 뮤지컬을 보러 다니고 런던의 청담동이라 할 수 있는 카나비 스트릿의 파인 다이닝도 갔지만 대개는 맨션 1층의 마트에서 장을 봐서 한국 음식을 해 먹었다. 서울에서 들고 온 두툼한 요리책이 있었다. 한식이 고팠을 차차에게 집밥을 해주고 싶어 챙겨온 것이다. 여러모로 완벽한 차차에게 한 가지 약한 부분이 있다면 그건 집안 살림. 한국 본가에서 어려서부터 일하는 사람을 두고 살아서 그런지 청소라든가 요리에는 젬병이었다. 운치 있는 집에서 살지만 집안은 난장판에 끼니때면 조리가 필요 없는 샐러드나 라면 정도를 끓여 먹는 게 전부였다. 점심은 밖에서 사 먹고 귀가할 때 마트에 들러 스시나 롤을 사다 저녁을 해결하는 버릇이 든 차차에게 내가 있는 동안만이라도 제대로 먹이고 싶어서 짬이 날 때마다 요리를 했다. 유학생들은 대부분 요리를 잘 못 해서 미역국에 콩나물만 무쳐줘도 뒤로 넘어갔다. 고기가 흔하고 싼 곳이니 전에는 시도해본 적 없는 갈비탕도 끓여보고 장어 덮밥도 해봤다. 심지어 김치도 담갔다. 서울에서는 엄마한테 얻어다 먹으니 해볼 일이 없었는데 한인마트에서 파는 김치가 맛없고 비싸서 도전, 제법 먹을 만한 오이소박이와 깍두기를 만들어냈다. 외식에 질려 있던 차차는 하루 세끼를 다 집에서만 먹으려 들 정도로 나의 요리를 좋아해 주었다.

어느 정도 런던 투어가 끝나자 외곽 투어를 시작했다. 계획 같은 건 없었다. 무작정 워털루 역에 가서 기차 시간표를 올려다보며 한 시간 내에 갈 수 있는 도착지를 고른다. 당일치기 여행이니 너무 먼 곳은 곤란했기 때문이다. 차차는 물의 도시 바스를 추천했지만 내가 고른 곳은 햄스테드 히스. 영화 <노팅힐>에서 여배우로 나오는 주인공 줄리아 로버츠가 시대극을 찍던 켄우드 하우스가 있는 곳이다. <브리짓존스 다이어리> 원작에도 언급되는 공원으로 여자들끼리 호수에 수영을 하러 가는 대목이 나온다. 나는 켄우드 하우스에 있는 렘브란트의 자화상을 보고 싶었다. 인생의 중요한 시기마다 자화상을 그렸던 화가 렘브란트의 50대 자화상이 거기 있다고 들었다.

역에서 내려 켄우드 하우스까지 두 시간을 산책하듯 걸어갔다. 노선버스가 있었지만 공원이 크고 아름다워 둘러볼 가치가 있었다. 호수에는 백조들이 떠다니고 브리더들이 개를 몇 마리씩 데리고 산책을 다니고 있었다. 부유한 지역이라 유모차에 아기를 태운 내니들이 삼삼오오 모여 수다를 떠는 풍경도 자주 보였다. 도심의 하이드 파크나 리전트 파크와는 또 다른 분위기였다. 가도 가도 끝이 없는 드넓은 공원이었지만 시간이 멈춘 듯 한적한 여유가 있었다. 이토록 넓은 땅을 소유했던 오래전

귀족들의 부에 압도당했다.

푸른 언덕 위 새하얀 켄우드 하우스는 할 말을 잊을 만큼 아름다웠다.

- 언젠가 사랑하는 사람과 다시 와야지.

한글 문장으로 방명록을 남기고 전시된 작품들을 구경했다. 물론 고대하던 렘브란트의 자화상도 빼놓지 않았다. 조금의 미화도 없이 있는 그대로의 자신을 고스란히 드러내는, 무서운 자기 직시의 눈을 갖고 있는 자화상에서 서늘한 전율을 느꼈다. 차차와 은도 그림을 보게 하려고 주변을 둘러보는데 친구들이 보이지 않았다. 그림을 보는 속도가 달라서 전시장 안에 들어와서는 각자 따로 움직였다. 한 바퀴를 다 돌았지만 그녀들의 모습은 보이지 않았다. 전화도 받지 않았다. 커피숍에도 없었다. 화장실에도 가보았다. 없었다.

두 사람을 발견한 곳은 정원 한쪽에 놓인 정자였다. 두 사람이 엉켜 있었다. 처음에는 무슨 상황인지 이해를 못 했다. 가까이 가서야 둘이 키스를 하고 있다는 것을 알았다. 격정적인 영화의 한 장면 같았다. 정자 안의 공기가 한껏 달아올라 있었다. 여자와 여자였는데... 나도 물론 차차와 서울에서 술 마시고 놀던 시절에 취기에 허그를 하고 볼에 입맞춤을 한 기억이 있지만 키스까지는 아니었다. 친구들끼리의 애정 표시에 지나지 않았던 이전의 추억과 달리 여기는 섹슈얼한 공기가 가득했다. 그들은 서로에게서 그 이상을 원하고 있었다. 더, 더, 더! 적나라한 욕망의 현장에서 나는 뒷걸음질을 쳤다. 켄우드 하우스를 벗어났다.

차차의 집으로 돌아가 내 짐을 쌌다. 비로소 모든 의문이 풀렸다. 차차에게서 느껴지던 남자의 향기. 그녀는 나와 친해지는 과정에서 남자처럼 나를 유혹했다. 밥을 사주고 술을 가르치고 여행을 데려가고. 당면한 문제를 해결해주려 애쓰고 나를 보호하고 언제나 든든한 남자친구처럼 굴었다. 그래서 의지가 되고 신뢰가 갔다. 그러나 차차는 나와 입장이 달랐다. 다가와서 아무리 사인을 주고 마음을 전해도 눈치 없는 내가 우정 놀이나 하고 있으니 얼마나 답답했겠는가. 때로는 좌절하고 어쩌면 분노했을 것이다. 동행한 친구 은은 차차의 기미를 일찍 눈치챘던 모양이다. 어쩌면 서울에서 같이 어울릴 때부터 알고 있었는지도 모른다. 먼 후일에서야 은이 바이섹슈얼이라는 것을 알았다. 그랬으니 차차도 알아봤겠지. 차차는 나에 대한 답답함과 절망을 켄우드 하우스에서 은을 향해 터뜨려버린 것이다. 세월이 지나고 자꾸 되씹고 곱씹어가며 내 안을 정리했지만 당시에는 충격이 커서 두 사람에게 별 설명도 안 하고 무조건 한국에 가야 한다고 우겼다. 은은 갑자기 왜 이러냐며 울고불고 난리였지만 차차는 별말을 하지 않았다. 그리고 나는 두 사람을 남겨두고 먼저 돌아왔다. 그들은 짧고 강렬한 연애를 하고 이별했다는 후문이 들려왔다.

아무 일도 없었던 것처럼 굴었다. 잘 왔다며 차차에게 문자를 보냈고 전과 다름없이 페이스북에 댓글을 남겼다. 안부 메일도 썼고 차차가 한국에 오면 반갑게 만나서 밥을 먹었다. 그러나 전처럼 스스럼없이 애정을 표현하고 속을 터놓기는 어려웠다. 메이 때와 마찬가지로 차차를 어떻게 대해야 할지 알 수 없었다. 우리의 관계를 내가 어디까지 진행시킬 수 있는지 자신이 없었기 때문에. 소통을 원하고 타인과 진하게 교감하지만 나는 이성애자였다. 여자를 대상으로 선을 넘어가는 게 불가능했다. 나는 이번에도 외면했다. 차차를. 메이의 기억을. 그렇게 세월이 흘렀다.

입봉작의 실패를 딛고 일어나 새로 기획하는 드라마에서 무속의 세계를 취재할 일이 생겼다. 정치인들과 연예인들이 단골로 드나든다는 유명한 무당을 만나게 되었다. 일 얘기를 시작하기도 전에 신 내린 여인은 오래전 메이의 죽음부터 짚어내었다.

- 목이 아파, 목이 아파...

그녀의 가족들은 그녀가 어떻게 죽었는지를 말해주지 않았다. 약도 먹고 목에다 끈도 걸었어. 무당이 울면서 토해냈다. 나중에 언니를 통해 확인하니 사실이었다. 그녀는 약을 먹은 후에 목을 맸다고 한다.

- 너도 아파야 해! 너도 외로워야 해! 너도 죽어야 해! 그래서 내가 괴롭혔어! 옆에서 일도 안 되게 하고 연애도 안 되게 했어. 모두가 너를 떠나고 나처럼 되라고! 내 고독이 뭔지 너도 처절하게 느껴보라고!

그녀는 49재 후에도 내 곁을 떠나지 않았던 것일까? 나의 이력에서 누군가의 죽음을 읽어낸 무당이 굿판 벌여 돈 벌자고 접신한 연기로 나를 저주한 것인지, 아니면 실제로 귀신이 있는 것인지 나는 모른다. 다만 내 주변에 젊은 나이에 스스로 목숨을 끊어낸 존재가 있었던 것은 사실이다. 나는 무당의 권유대로 지노귀굿을 하기로 했다. 죽은 자를 천도하여 극락왕생으로 이끄는 의식. 오래전 충분히 애도하지 못했던 그녀에게 산 자가 표할 수 있는 최소한의 성의였다. 굿은 밤새 이어졌다. 수락산 굿당 밖에서는 비가 내리고 있었다. 나는 있을지 없을지 모르는 메이의 혼 앞에 사죄했다. 좀 더 충분히 들어주지 못하고, 관심을 가져주지 못한 데 대해. 그녀가 원하는 방식으로 사랑할 수는 없다고 하더라도 사람이 사람을 사랑하는 다른 방식이 있었을 텐데 나의 무지와 어림과 옹졸함으로 고통을 더해준 데 대해. 그리고 빌었다. 이제 편히 쉬기를. 다음 생에는 좀 더 행복하기를.

내가 울었던가? 기억나지 않는다. 밤새 내린 빗소리만이 지금도 선연할 뿐이다.

10년이 지났다. 드라마를 다시 했고, 다른 책들을 펴냈다. 연인이 있었으나 결혼은 하지 않았다. 결혼 바로 앞에서 돌아 나온 적이 두어 번. 일이 너무 바빠 시댁 챙기고 남편 건사해야 하는 한국의 결혼문화가 엄두가 나지 않았다. 동료작가들은 대부분 이혼을 하거나 싱글로 나이 먹어가는 경우가 많았다.

얼마 전 트위터에서 이런 멘션을 봤다.

'이성이라서 사랑이라 착각한 우정이 얼마나 많으며 동성이라서 우정이라고 한계 지은 사랑이 얼마나 많았던가.'

사람에게는 누구나 가장 사랑하는 존재가 있다. 필생의 사랑이 꼭 몸과 마음을 나눌 수 있는 열정의 대상이 되는 것은 아니다. 부모님 중에 한 분, 남편이나 연인... 친구... 소중한 사람들 중에 그 누군가가 될 수도 있는 것이다.

영화로도 만들어진 덴마크 작가 페터 회의 <눈에 대한 스밀라의 감각>을 보면 이웃집 사는 소년 이사야가 왜 죽었는지를 알아내기 위해 여주인 공 스밀라가 목숨 걸고 세상 끝까지 가는 추적을 한다. 왜? 사랑하니까. 스밀라에게는 자신의 고독을 이해해주는 어린 존재 이사야가 필생의 사랑이었던 것이다. 그 존재가 죽어버렸기에 스밀라는 온 몸을 던져 그 진실을 파헤쳐 나간다. 그것이 남아 있는 자가 할 수 있는 최대한의 사랑이니까.

가장 행복하고 운이 좋은 케이스는 필생의 사랑이 남자와 여자로 만나 생을 함께 하는 것, 내가 원하는 사람이 내가 원하는 방식으로 나를 사랑해주고 나 역시 상대방을 그가 원하는 방식으로 사랑해주는 일이겠지만 사실 그런 행운은 좀처럼 일어나기 힘든 기적 같은 일이다. 세상과 화합하지 못해 자살을 선택한 옛 친구, 자기가 원하는 방식의 사랑을 내가 알아듣지 못해 다른 존재와의 러브신을 보여준 차차. 나는 그들이 원하는 방식의 사랑을 줄 수는 없었다. 그러나 그렇다고 해서 나에게 그들에 대한 진심이 없었던 것은 아니다. 나는 이전에도 이후에도 차차 만큼 잘 맞고 의지가 되는 존재를 만난 적이 없다. 이것은 사랑이 아닌가?

나는 10년 만에 다시 런던행 티켓을 끊었다.

차차는 스마트하고 열정적인 예술가다. 예민하고 따뜻하게 사람을 잘

케어하고 확실한 자기주관을 갖고 살아간다. 세련된 지성미와 통찰력의 소유자였다. 그녀가 만일 남자였더라면 최상의 파트너가 되었을 것이다. 어떤 남자와 여행을 가도 그녀만큼 호흡이 잘 맞는 동행은 없었다. 그런 친구를 잃고 싶지 않다. 서로가 다르다 해도 상대를 향한 진심만은 같지 않은가. 우리에게 제3의 길은 없는 것인지 적어도 노력은 해봐야겠다는 생각이 들었다. 그래야 후회가 없을 것 같다. 외면하고 도피만 하면서 후회로 남은 과거가 나에게 준 교훈이다.

한동안 마가리타를 마시지 않았다. 죽은 연인을 위한 애도의 칵테일 마가리타.

그 술을 마시면서 메이를, 차차를 생각하지 않을 수 없었기 때문이다. 독한 테킬라를 오렌지향 리큐르로 순화시키면서 라임과 소금으로 매력을 더해 다가가지만 결국 혀끝에 싸한 슬픔을 남기는 칵테일. 이루지 못한 사랑, 그 추억의 맛이다. 이번에 런던에 가면 템즈강변의 펍에서 차차와 마가리타를 마시리라. 마가리타에는 수많은 변주가 있다. 존 듀레서 말고도 전 세계의 많은 바텐더들이 고유의 레시피를 만들어낸 덕분이다. 셰이크로, 온더록스로, 얼음을 갈아 넣은 프로즌으로 즐길 수도 있고 색깔도 다양하다. 블루 퀴라소 (Blue Cura çao)를 넣어 '블루 마가리타'를 만들 수도 있고 '그랜드', '로열', '캐딜락' 이라 불리는 갖가지 아름다운 빛깔이 존재한다. 심지어 달걀흰자를 넣어 거품을 내어 마시기도 하니 세상의 다양한 관계들처럼 마가리타도 한 가지 레시피로만 마실 수 있는 게 아니라는 말씀. 나와 차차도 수많은 변주들 속에서 우리 두 사람만의 고유한 관계를 찾아갈 수 있지 않을까?

그 끝은 혼자 돌아온 파국이었지만 난 오랫동안 런던을 그리워했다. 오후 네 시면 해가 지던 런던의 겨울. 길고 긴 밤, 뼛속까지 파고들던 추위에 공원에서 손을 녹여가며 마시던 뜨거운 뱅쇼, 오래된 성당에서 대상 없는 기도를 드리던 고요의 시간. 비비언 리를 떠올리며 걸어갔던 워털루 브리지, 버킹엄 궁전에서의 우아한 티타임. 런더너가 된 듯한 손에 마가리타 한잔을 들고 골목에서 떠들던 금요일 밤의 추억.

이제 용기를 내어 지나간 여행기에 새로운 추억을 더하려 한다. 친구와 함께 마시게 될 마가리타, 그 추억의 끝은 슬픔이 아니라 기쁨이기를 간절히 바래본다.

그럼 런던에서 다시 치얼스!

조현경

중앙대학교 문예창작학과에서 소설을 전공했
다. 『샴페인』, 『개국』 등의 소설을 썼으며 대본
집 『홀리』, 에세이 『사랑하라 사랑하라』를 낸
바 있다. 드라마 <하녀들>과 <대군-사랑을 그
리다>를 집필했다.

목요일의 칵테일

녹슬어버린 사랑, 러스티 네일

최정하

아침 7시. 일어나야 하는 시간이다. 10시에 잡혀 있는 프로그램 회의 때문에 알람을 여러 개 맞춰 놓고 잤지만 일어나기가 너무 싫다. 넷플릭스에 새로 올라온 미드를 보다가 잠든 시간이 새벽 3시. 적당히 보다가 잘 생각을 하고 수면용으로 틀어놓았는데 우리나라 막장드라마 못지않은 희한한 흡입력 때문에 중간에 끊을 수가 없었다. 직업은 예능 피디인데 정작 즐겨보는 건 드라마와 영화다. 예능 프로그램을 보면 직업정신이 발동하여 편집이 어떤지, 자막이 어떤지 체크를 하느라 쉬어도 쉬는 거 같지가 않다. 일상의 잡념들을 지우고 다른 세상에 들어갔다 오는 시간. 어느새 지나치게 먹어버린 내 나이와 술값에 택시비로 탕진하느라 달랑

달랑한 통장 잔고, 해도 해도 줄어들지 않는 업무 스트레스를 잠시나마 잊어보려던 힐링 타임이 지나쳐 수면 부족 상태로 출근을 하게 생겼다.

억지로 눈을 뜨고 다시 핸드폰을 보니 7시 7분. 기분이 나쁘지 않다. 우연히 본 시간이 4시 4분이나 4시 44분이면 괜히 찜찜하다. 침대에서 몇 분을 더 뒤척이다가 눈을 비비며 커피 머신 앞으로 간다. 카페인이 들어가야 제대로 된 하루의 시작이지. 캡슐이 가득 담긴 유리병에 손을 넣어 하나를 꺼냈다. 캡슐은 포춘 쿠키처럼 랜덤으로 뽑아야 제맛이다. 손에 들어온 캡슐은 옅은 카키색. 좋아하는 맛이다.

지각의 위기가 예상되지만 그래도 화장은 해야 한다. 늦게 일어나서 화장을 못 하고 갔더니 국장님이 아파 보인다며 집에 가서 쉬라고 해서 아무 말도 못하고 쓸쓸하게 조퇴했던 날 이후로 아무리 늦어도 화장은 꼭 하고 출근한다. 서른이 넘어서부터 맨 얼굴로 집 밖을 나가면 수배자가 된 것처럼 자꾸 얼굴을 가리게 된다. 급하게 메이크업을 했더니 썩 마음에 들진 않지만 더 지체하면 진짜 늦을 것 같다. 현관에서 뭘 신을지 잠시 망설이다 며칠 전에 산 10cm 펌프스에 발을 넣는다. 20대 시절엔 힐을 신고 뛰어다니기도 했는데 언젠가부터 아침마다 힐과 슬립온 사이에서 망설이게 된다. 멋이냐, 편안함이냐. 친구들은 세상 사람들이 너 키 작은 건 다 아니까 그냥 운동화나 신고 다니라고 하지만 힐을 택했을 때

나만 아는 은밀한 만족감이 있다. 키가 커진 것 같고, 다리 비율이 달라진 것 같은 느낌에 괜히 도도하게 턱을 내밀게 되는.

문을 열자 차가운 겨울바람이 온몸으로 밀어닥친다. 다시 뒤로 돌아 집으로 들어가고 싶게. 간밤에 내린 눈이 얼어붙어 길바닥이 미끄럽다. 한 걸음 한 걸음이 불안하다. 역시 운동화를 신을 걸 그랬어. 핫팩을 배와 등에 하나씩 붙이고, 목도리에 장갑까지 무장하고 나섰는데도 춥다. 따뜻한 봄에 태어나서 그런지 겨울은 정말 싫은 계절이다.

양재동에서 상암동까지는 한 시간. 자동차로 강변북로를 타고 가면 그리 멀지 않은 거리인데 운전이 두려워서 엄두를 못 내고 있다. 연수를 받아보긴 했지만 딴생각을 잘하는 버릇 때문에 생명의 위협을 느껴 더 이상은 시도하지 않았다. 달리는 자동차의 뒤꽁무니에도 표정이 있구나. 화를 내기도 하고 웃기도 하고. 저 운전자는 어떤 사람이기에 저런 튀는 차 색깔을 골랐을까. 이런 쓰잘데기 없는 생각을 한참 하다 보면 차 속도가 저 혼자 빨라져 있거나 느려져 있었다. 만만하게 본 다른 차가 어디선가 끼어들기 일쑤, 신호를 놓치는 위험천만한 일도 잦았다. 결국 운전을 포기했다.

늦어서 택시를 타는 날이 많지만 사실 버스를 좋아한다. 좀 더 정확하게 말하면 강변북로를 달리는 버스 안에서 한강을 바라보며 음악을 듣는 시간을. 회사까지 가는 노선은 중간에 정류장이 없다. 내리는 승객이 없어서 자리가 비질 않으니 처음부터 무조건 앉아야 한다는 뜻이다. 칼바람을 맞으며 정류장에서 버스를 기다리고 있는데 드디어 9711번이 저 멀리서 다가온다. 정류장은 길고 버스는 어디에 설지 모른다. 동물적인 감각으로 온몸을 긴장시키고 정차 지점을 예측해본다. 그러나 예상은 번번이 빗나갔다. 9711번은 한참 멀리에 선다. 한 무리의 출근 좀비들이 우르르 몰려간다. 심지어 나는 10cm 펌프스를 신었다. 망했다.

더블 럭키의 기상이 행운을 가져다줄 줄 알았더니 돌발 상황이 생겨 하루 종일 정신이 없다. 요즘 내가 만들고 있는 프로그램은 대세를 넘어 하나의 장르로 자리 잡은 먹방이다. 트렌디한 식당에 가서 핫한 메뉴를 맛보고 근처도 둘러보며 즐거운 시간을 보내는 컨셉. 인스타그램에 해시태그가 많이 올라올 법한 집들에 가다 보니 주로 이태원, 청담동, 홍대 앞 등지에 우리 촬영팀이 출몰하곤 한다. 그런데 MC가 어제 새벽 자동차 사고로 2주간 촬영을 할 수 없게 되었다. 당장 다음 주까지는 찍어둔 분량이 있으니 방송을 하면 되는데 그 후가 문제였다. 임시 MC를 쓸까도 논의했지만 결국 특집편으로 하이라이트를 편집해서 내보내기로 결정했다. 하루 종일 딴생각을 할 수 없게 대책회의는 타이트하게 진행됐다. 시간이 얼마나 지났는지, 창밖에서 해가 지는지 뜨는지도 모르겠다. 그리고 보니 밥을 제대로 못 먹었네. 회의실로 뭐라도 배달시켜야겠다 싶어 핸드폰을 드는데 조연출이 나를 찾는다.

"선배! 촬영 1순위였던 펍 <블랙 미러> 있잖아요. 사장이랑 이제 통화가
됐는데요, 선배더러 직접 오래요. 메인 피디랑 얼굴 보구 얘기하고 싶다
네요."
"언제 가면 된대?"
"그게... 지금이요."
"뭐? 지금 몇 신데?"

"11시..."
"내일 브레이크타임이나 낮에는 안 된대?"
"그쪽에서 지금 밖에 시간이 안 된대요."

미국 유학파 출신 사장이 직접 인테리어 했다는, 가게 이름처럼 블랙 미
러들을 활용한 감각적인 펍의 내부가 떠올랐다. 뉴욕에서 공수해왔다
는, 당장 빼앗아 오고 싶은 조명과 식기들, 심지어 맛있는 안주들. 늦었
지만 섭외가 급한 건 이쪽이니 별수 없다. 오라는데 가야지.

택시를 타고 청담동 <블랙 미러> 앞에 도착하자 영업시간 때와는 다르
게 불이 환하게 켜져 있다. 창문 너머로 직원들이 분주하게 마감을 하고

있는 모습이 보인다. 문을 열고 들어서자 얼핏 박서준을 닮은 잘생긴 매니저가 나온다. 답사 왔을 때도 느낀 건데 매니저 보고 싶어서 오는 여자들도 꽤 있을 것 같다.

"죄송합니다, 영업 끝났는데요."
"약속이 되어 있어요. 사장님께 방송 때문에 미팅하러 왔다고 좀 전해 주시겠어요? 최정하 피디입니다."
"아, 이쪽으로 오세요."

답사 왔을 때는 레스토랑 안쪽에 이런 룸이 있는 줄 몰랐다. 매니저가 벽에 걸린 거울 테두리를 눌렀더니 공간이 열리며 숨겨져 있던 룸이 나왔다.

"잠시만 기다리세요."

티끌 하나 없는 블랙의 벽면에 마크 로스코의 거대한 그림만 하나 덩그러니 걸려있다. 비밀의 공간에 숨겨진 강렬하고 거대한 레드컬러가 인상적이다. 근데 이 그림 설마 진짜는 아니겠지? 잘 알지도 못하면서 그림을 이리저리 노려보고 있는데 누군가 나의 이름을 불렀다.

"정하야."

지금 이 순간, 이런 데서 들을 거라고는 전혀 예상치 못했던 목소리다. 고개를 돌려 나를 부르는 목소리의 주인공을 확인한 찰나, 나는 눈을 의심했다.

"잘 지냈어?"

말문이 막혔다. 아니 온몸이 굳었다. 그는 가만히 나의 반응을 기다렸다.

가끔, 아니 자주, 그를 다시 만나면 어떨까 생각했다. 잠이 안 오는 밤이나, 차가 막힐 때, 비가 오는 날. 때때로 그를 그리워하고 다시 되짚어보다가 그가 존재는 했던 것인지, 내가 만들어낸 환상인지 헷갈리기도 했다.

"어... 어떻게 된 거야? 니가 왜 여기 있어?"
"내 식당이야. 오픈한 지 6개월. 놀랬지?"

8년 전보다 키가 더 큰 것 같고, 앳돼 보이던 얼굴도 어딘가 달라져 있었다.

"니가 여기 사장이라고? 한국에는 언제 온 거야?"

"얼마 안 됐어. 오자마자 인테리어하구 오픈하느라 좀 정신이 없었어. 메뉴 구성도, 레시피도 내가 다 만들었거든."

"요리도 직접 해?"

"늘 주방에 있는 건 아니고. 사업을 몇 개 벌려놔서 일주일에 며칠만 와 있어."

8년 전에 영화 공부하겠다고 뉴욕으로 떠났던 그가 감독이 아닌 셰프 가 되어 돌아오다니...

"그저께 방송국에서 답사 왔었다고, 명함 남기고 갔대서 보니까 네 이 름이더라. 혹시나 싶었는데 진짜 너였네."

매니저가 쟁반을 들고 들어온다. 아무렇지도 않은 척해야 한다. 당황한 티를 내면 안 된다. 매니저가 놓아준 물잔을 집어 드는 내 손이 떨렸다. 뚫어지게 내 얼굴을 바라보는 그의 시선이 느껴진다.

"다들 먼저 퇴근해. 내가 정리하고 갈게."

"네. 사장님."

매니저가 나가자 그는 다시 질문을 던진다.

"넌 변한 게 없네. 그대로구나. 어떻게 지냈어?"

무슨 말을 해야 하는 걸까? 네가 떠나고 나서 툭하면 울었고, 만날 수 없다는 걸 뻔히 알면서도 네가 살던 집 앞에 몇 번이고 갔었어. 케이블 채널의 PD가 되었고, 몇 번의 연애를 했고, 그 연애의 끝에는 꼭 네 생각이 나더라. 그런 말들을 다 할 수는 없었다.

"그냥 잘 지냈어."
"술 한잔할래?"
"아니, 오늘은 너무 늦어서."
"아직 서래마을 살아? 데려다줄게."
"아냐, 이제 혼자 살아. 너도 피곤할 텐데, 조만간 다시 만나서 얘기하자."

서둘러 자리에서 일어났다. 예상치 못했던 재회가 주는 파장을 들키고 싶지 않아 일 얘기도 제대로 못하고 비밀의 방을 빠져나왔다. 흔들리는 눈동자를 그에게 보이고 싶지 않았다. 집으로 가는 택시 안, 차창 밖으로 한강변의 불빛들을 보며 흐트러진 마음을 다잡으려 애썼다. 다시 만나면 어떤 기분일까 상상해 본 적은 많았다. 헤어지고 나서 그도 후회했을까, 나를 그리워한 적이 있을까? 또 어떤 여자를 만났을까...

"기사님, 죄송한데 차 좀 돌려주세요."

나는 결국 차를 돌리고야 말았다.

정우를 처음 만났던 날은 기억이 나지 않는다. 이제 막 대학교에 입학해서 새로운 얼굴들을 익히기에도 정신이 없었고, 그는 내가 좋아하는 스타일도 아니었다. 영화 하러 온 애들이라 그런지 다들 나름의 개성이 강했는데 정우는 튀지 않고 무난했다. 술자리를 좋아하고, 친구가 많았던 나에게 그 애는 그냥 자주 어울려 다니는 무리 중 하나였을 뿐이다. 짝사랑하던 세현 선배와 결국 사귀게 되었을 때 누구보다 기뻐해 주었고 그의 곁에도 이미 여자 친구가 있었다. 쇼트 머리에 보이시한 영문과 민지가 정우 뒤에서 쭈뼛쭈뼛 눈도 못 마주치고 인사하는데 그와 썩 어울려 보이지는 않았다. 정우는 왠지 긴 생머리에 여성스러운 스타일을 좋아할 거라고 생각했는데...

과대였던 세현 선배는 리더십이 강했다. 처음에는 그런 면이 남자답고 멋있게 느껴졌다. 고등학교 시절, 학생회장 때도 인기가 많았다고 한다. 선배는 나보다 학교생활이 중요한 사람이었다. 과에 일이 생기면 어김없이 데이트 약속을 뒤로하고 달려나갔고, 여자친구인 나한테는 늘 미안하다는 말을 입에 달고 살았다. 그때마다 내 옆자리엔 선배가 아닌 정우가 있었다. 선배와 같이 보기로 했던 영화를 정우와 같이 보고, 같이 가려고 찜해둔 이태리 식당의 파스타도 정우와 먹었다.

그날은 비가 오고 있었다. 선배와 학교 앞에서 만나 저녁을 먹으러 가기로 했는데 우산이 없어 덜덜 떨면서 기다리고 있었다. 늦게 온 선배는 만나자마자 저녁은 다음에 하자며 우산을 씌워주고 학교로 돌아갔다. 빗속을 뛰어가는 선배의 뒷모습을 얼마나 지켜봤을까... 무참한 마음으로 집에 갈 수가 없었던 나는 학교 앞 주점에 모여 술을 마시고 있는 친구들에게 갔다. 정우 옆에는 작고 마른 민지가 앉아 있었다. 아무렇지도 않은 척 어울려 술을 마셨지만 학교로 돌아가던 세현 선배의 등에서 느껴진 절망감은 결국 나를 울게 했다. 밖으로 나와 계단에 쪼그리고 앉아 고개를 숙이고 있는데 누군가 옆에 앉았다. 정우가 내 고개를 들어 올렸다. 그의 손이 흐르는 눈물을 닦아주었다. 그리고 울고 있는 나에게 키스를 했다.

그 후로 정우가 군대에 갈 때까지 1년 남짓... 우리는 서로에게 남자친구, 여자친구가 있는 채로 아슬아슬한 연애를 했다. 무슨 에너지가 그리도 넘쳤는지 서로의 데이트를 마치고 밤 12시쯤 그의 집에서 비밀스런 연애를 다시 시작했다. 민지의 통금이 12시여서 우리는 종종 심야 데이트를 했다. 밤의 연인이었던 우리는 아침이 되면 다시 친구 사이로 돌아갔다.

사랑한다는 말은 없었다. 그러나 그 누구보다 사랑하는 친구였고 연인이었다. 남이 하면 불륜이고 내가 하면 로맨스라더니 죄의식도 느껴지지 않았다.

함박눈이 내리던 어느 날, 선배와 저녁을 먹고 있는데 그에게 문자가 왔다.

"뭐해?"
"선배랑 밥 먹고 있어. 넌?"
"지금 와 줄 수 있어?"
"선배랑 영화 볼 거야."
"지금 와줘. 보고 싶어."

평소와 달리 떼를 쓰는 정우의 기색이 심상치 않아 선배를 버리고 그에게 달려갔다. 눈 쌓인 길이라 차는 느리게 달렸다. 정우는 나를 보자마자 꼭 끌어안고 놓지 않았다. 어디가 아픈지 그의 몸이 뜨거웠다.

"무슨 일 있어?"
"갑자기 너무 보고 싶었어."

그 밤, 정우는 유난히 나를 갈망했다. 우리는 새벽녘에야 지칠 대로

지쳐 잠에 빠져들었다.

초인종 소리에 누가 먼저랄 것도 없이 눈을 떴다.

"누구세요?"
"엄마야."

당황한 정우와 나는 허겁지겁 옷부터 입었다.

"어떡해?"

정우는 사색이 된 나를 침실에 숨겨두고 티셔츠도 거꾸로 입은 채 현관문을 열고 나갔다.

"민지랑 있니?"

소곤거리는 정우 어머니의 목소리가 문틈으로 살짝 들렸다. 잠시 후 정우가 다시 들어왔다.

"괜찮아, 엄마 갔어."

"어머니한테 뭐라고 했어?"

"민지랑 있다고 했어."

순간은 모면했지만 기분이 더러웠다. 여자친구인 민지는 밝힐 수 있지만 나는 밝힐 수도 없는 존재, 어머니 앞에서 들키면 안 되는 존재였다. 그 동안 애써 외면해온 현실이 눈앞에 다가왔다. 그래, 우리에겐 각자의 연인이 있었지.

"민지랑 헤어져."

"뭐?"

"아니, 넌 니 맘대로 해. 난 선배랑 헤어질 거야."

"민지가 상처받을 텐데..."

기가 찼다.

"그럼 언제까지 이러고 지낼 건데?"

"너도 이 상태를 원하는 거 아니었어? 네가 좋아하는 선배와 헤어지지 않으면서 소외감을 위로받을 수 있는 나라는 핀치 히터가 있는 거!"

말문이 막혔다.

"말해봐. 네가 정말로 좋아하는 게 누군지. 정말 선배가 아닌 날 원하는 게 맞아? 그렇다면 나도 민지와 헤어질게."

"그러는 넌! 원하는 게 누구야! 민지야, 나야?"

그는 아무 말도 하지 않았다. 우리는 누구도 먼저 상대가 원하는 대답을 주지 않았다. 오랜 침묵이 둘 사이를 떠다녔다.

그 아침을 마지막으로 정우에게 전화를 하지 않게 되었다. 얼마 후 동기들에게 그의 입대 소식을 들었다. 연락은 끊겼지만 이대로 이별일 줄은 몰랐기에 한동안은 실감이 나지 않았다. 몇 달이 지났을까. 어느 날 아침, 눈을 떴는데 이유 없이 눈물이 흘렀다. 그렇게 떠나버린 정우가 원망스럽고, 많이 보고 싶었다. 아픔은 오래 지속되었다. 몇 번인가 모르는 번호로 전화가 왔다. 전화를 받으면 아무 말도 하지 않고 수화기를 들고 있는 사람이 정우일 거라 짐작했다.

정우가 제대를 할 때까지 민지는 그의 곁을 지켰다고 한다. 그사이 나는 세현 선배와 자연스럽게 헤어졌고 졸업을 했다. 나중에 정우와 민지가 함께 뉴욕으로 유학을 갔다는 소식을 들었다. 한 번도 제대로 전해본 적 없는 내 마음은 비밀스러운 추억으로 묻혔다. 내가 사랑한 사람은 누구

였을까.

택시에서 내렸다. 레스토랑의 문을 닫고 있는 그가 보였다.

"정우야."

그가 뒤돌아서는 순간, 나도 모르게 그에게 달려갔다. 키스를 한 것은 그였을까, 나였을까… 우리는 누가 먼저랄 것도 없이 이제야 뜨거운 재회의 키스를 나누었다. 그의 손을 잡고 레스토랑 2층에 마련된 그의 작업실로 갔다. 온통 블랙인 1층과는 다르게 수많은 요리책과 영화 책들로 가득한, 아늑한 공간이었다. 우리는 다시 연인의 밤을 보냈다. 그는 이제 어른이 되어 있었다. 기억보다 더 따뜻하고 멋있었다. 뉴욕으로 함께 떠났다고 소문난 민지와는 가기 전에 이미 헤어진 사이라고 했다. 다만 각자 유학을 간 시기가 비슷했을 뿐이라고. 민지는 현지인과 결혼해 미국 시민이 되었다. 내가 세현 선배와 헤어진 사실은 군대에 있을 때 전해 들었지만 유학을 계획 중이라 나를 찾을 생각은 하지 않았다고 했다. 세현 선배와 헤어지겠다고 해놓고는 연락을 끊어버린 나에게 상처도 받았을 것이고.

우리의 시작이 달랐더라면 어땠을까. 원래의 연인으로부터 소외당한 설움에 우발적으로 시작된 관계가 아니라 정식으로 그만 바라보고 시작된 관계였더라면. 새로운 사랑보다 상처받은 아픔이 더 커서 서로를 선택할 수 없었던 <화양연화>의 양조위와 장만옥처럼 우리는 새로운 관계로 나아갈 용기가 부족했다. 그리고 나는 어렸다. 동경으로 시작된 세현 선배가 아니라 일상을 함께 한 정우를 사랑하고 있음을 너무 늦게야 깨달았던 것이다. 연애를 해본 적이 없고 남자라곤 처음 만나보는 스무 살이 자기감정을 알면 얼마나 알았겠는가. 이전의 관계를 정리하는 것도 어려웠고, 본능적으로 끌리는 몸과 마음을 제어하는 것도 불가능해서 그렇게 청춘을 망쳐버린 것이다.

"요리 공부는 어떻게 하게 된 거야?"

영화에서 진로를 바꾼 그의 선택이 궁금했다.

"아르바이트로 미슐랭 2스타 레스토랑에서 설거지를 했는데, 헤드 셰프가 멋있어 보이더라구."

그의 팔에는 수많은 칼자국과 여기저기 데인 자국들이 있었다.

"요리학교를 졸업하고 레스토랑에서 본격적으로 일을 시작했는데,

서툴러서 매일 다쳤어. 병원에도 못 가고 붕대로 감고만 다녔지."

"병원에는 왜 못 갔어?"

"진료비가 비싸기도 했고, 레스토랑이란 데가 원래 살벌한 곳이야. 다치지 않는 것도 실력이지. 절대 봐주지 않아."

그는 요리의 본고장 프랑스까지 넘어가서 경력을 만들었다.

"프랑스의 미슐랭 3스타에 이력서를 넣었는데 그게 된 거야. 셰프가 나를 잘 봐서 몇 년 지나 레스토랑을 하나 맡겼구... 그게 잘 되고, 운 좋게 마음에 맞는 투자자를 만나서 한국으로 들어왔지."

"내 생각... 안 했어?"

"어땠을 거 같아?"

가슴이 콱 막혔다.

"네 생각하면서 버텼어. 근데 여러 가지로 미안한 게 너무 많아서... 연락은 못했어."

우리는 자다 깨다를 반복하며 밤새 많은 이야기를 나누었다. 아침이 되자 내 앞에 오믈렛과 토스트, 커피가 대령되었다.

"우와, 이 오믈렛 진짜 맛있다. 어떻게 만든 거야?"

"나 셰프잖아."

"진짜 뭘 넣은 거야? 너무 맛있네."

한참을 먹다가 고개를 드니 정우가 나를 바라보고 있다. 갑자기 아침의 맨 얼굴이 부끄러웠다.

"넌 안 먹어? 맛있는데 너두 먹어."

"난 괜찮아."

"내 얼굴 좀 그만 봐. 민망해."

"믿어지지 않아서. 네가 내 앞에 있다는 게."

나조차도 믿어지지 않는 하룻밤을 보내고 같은 옷을 입고 출근한 날, 누가 뭐라는 사람도 없는데 민망해서 고개를 못 들고 하루가 어떻게 갔는지도 모르는 사이 호출이 왔다. 20년 지기 고교동창, 화선이다. 원래도 키가 크고 다리가 길어서 '학다리'라는 별명으로 부르긴 했지만 모델을 직업으로 가지게 될 줄은 몰랐다. 키순으로 번호를 붙여 50번인 화선이가 10번인 나와 절친이 되기에는 우리 사이에 40명의 아이들이 있었다. 접점이 없던 우리가 친해질 수 있었던 건 둘 다 학급의 임원으로 환경 미화라는 중요 프로젝트를 함께 수행하면서부터였다. 여고 시절의 우리는 적당히 눈치 보면서 놀지만, 탈선할 정도로 간이 크진 못했다. 성적에 신경은 쓰되 공부만 파지는 않던 애매한 아이들이었다고 할까.

"어디야?"
"회사지."
"몇 시 퇴근 예정이야? 있다가 데리러 갈게. 한잔하자."

아. 한 잔. 무지하게 당기는데 뒤이은 옵션이 불을 확 지핀다.

"현경 언니가 좋은 데 데려간대."
"콜!"

드라마 작가라는 직업과는 무관하게 전혀 드라마틱하지 않은 집순이 인생이라고 주장하는 우리들의 왕언니, 조현경 작가. 술은 즐기지만 늘 마감에 시달리느라 기력이 없는 언니는 지인들과 그냥 집에서 먹고 마시는 걸 좋아하는데, 영감을 얻고 자극을 받아야 한다는 핑계로 가끔씩 예상치 못한 핫 플레이스에 우리들을 데리고 가곤 한다. 얼마 전 언니가 우리를 데리고 간 칵테일 바는 유럽의 광고판에 나올 것 같은 남자들이 시가를 물고 위스키를 마시고 있는, 안구 정화가 확실한 곳이었다. 좋은 데 간다고 할 때는 절대 빠지면 안 된다.

"근데 여긴 어디야?"
"몰라. 주소만 받았어."

심상치 않은 분위기의 가게 입구가 보인다. 클럽인가? 안으로 들어서자 화려한 불빛과 쾅쾅거리는 라운지 뮤직이 심장을 때렸다. 피부가 자체 발광을 하는 아름다운 여자가 고개 숙여 인사를 한다. 나한테 한 게 맞나 싶어 뒤를 돌아봤지만 아무도 없다. 가슴이 드러나는 은색 드레스의 자태가 반지의 제왕에 나오는 요정 같다. 그녀를 따라가노라니 무대에서 노랫소리가 들린다. 정말 죽을 만큼 가슴 아픈 사랑을 했나 보다. 어쩌면 저렇게 애절하게 부를까.

"사랑을 믿는다는 게 죄라면 또 죄겠지만
가슴 속 남겨놓았던 바보 같은 미련 때문에
사랑이 사랑을 배반하고 증오하도록 나는 보고만 있네 ~"

홀린 듯이 듣고 있는데, 무대의 조명이 밝아지고, 그토록 애절하게 노래를 부르고 있는 사람이 누군지 깨닫는 순간 입이 떡 벌어졌다. 한 손에 술잔을 들고 노래를 부르고 있는 건 분명 현경 언니다. 언니는 노래가 끝나자 손을 풍차처럼 흔들며 해맑게 우리를 부른다.

"화선아! 정하야!"

목덜미에 금빛이 반짝거리는 털을 두른 언니의 목소리가 한껏 흥분해 있었다. 무대에서 내려온 언니는 지폐를 꺼내 은색 드레스에게 팁으로 준다.

"애들 데려와 줘서 고마워."
"땡큐, 자기."

내 귀를 의심했다. 은색 드레스의 목소리는 분명 남자였다. 언니의 이번 드라마에 트랜스젠더라도 나오는 건가? 언니가 우리를 위해 잡아둔 룸으로 들어가 어제 사고 친 얘기를 털어놓았다. 우리 사이에 비밀은 없다. 사실 그녀들의 조언이 필요하기도 했고. 자초지종을 들은 화선이와 현경 언니는 놀란 표정을 감추지 않았다.

"대에박! 진짜 끈질긴 인연이다."

내 연애사를 누구보다 잘 알고 있는 화선이기에 정우 이름을 듣자마자 정색을 한다.

"난 다시 만나는 거 반대야."

"누가 다시 만난대?"

"너네는 다시 만나도 또 똑같을 거야. 이번이라고 잘 되겠어?"

"어쩌면 우리... 헤어진 적이 없는지도 몰라."

"사귄 적은 있냐? 정상적이지 않은 연애였는데."

"연애에 정상, 비정상이 어딨어!"

"난 그때부터 정우 개 맘에 안 들었어. 결국 양다리였던 거잖아. 여자 친구를 속인 거라구. 너한테는 안 그런다고 장담할 수 있어?"

"나도 양다리였는데 뭐."

"언니, 정하한테 뭐라고 말 좀 해줘."

"놔둬. 한 살이라도 젊을 때 이 연애, 저 연애 해 보는 거지."

결국 그와 나는 현경 언니의 말대로 이런저런 연애를 시작하게 되었다. 예전의 감정이 점차 되살아나면서 나는 빠른 속도로 정우에게 빠져들었다. 대학생 시절의 어설픈 모습과는 달리 성숙해진 사업가의 모습이 세련돼 보였다. 학생 시절 함께 마시던 소주와 닭똥집은 와인과 파인 다이닝의 요리로 바뀌었다.

그는 직업상 새로운 레스토랑을 늘 체크해야 했고 그런 자리에 나를 데리고 가곤 했다. 칵테일에 관심이 생겨 새로운 바가 문을 열면 함께 가서 바텐더의 실력을 확인해보기도 했다. 오픈한 지 1주일밖에 안 된 청담동의 칵테일 바. 들어가는 입구가 꽃집으로 꾸며져 있었다.

"오늘의 시작은 러스티 네일이야."

"러스티 네일? 녹슨 못?"

"응. 위스키 베이스에 꿀 향이 나는 드람브이를 섞었지. 마셔봐."

"쓰면서도 달콤해. 뭔가... 남성적인 어른의 맛이야."

"밸런스가 좋지. 내가 뉴욕에 있을 때 즐겨 마시던 거야."

"만들 줄도 알아?"

"쉬워. 다음에 내가 만들어줄게. 나만의 끝내주는 비율이 있지."

"근데 독하다. 마시다 보면 훅 가겠는데? 여자 꼬실 때 좀 마셨겠어?"

그가 러스티 네일을 홀짝거리고 있는 내 앞에 꽃을 내민다. 내가 화장실 간 사이 바 입구에서 사 온 모양이다. 겨울꽃 가운데 가장 아름답다는 라넌큘러스였다. 12월의 신부들이 부케로 많이 드는 꽃.

"내가 지금 너 꼬시고 있잖아."

나는 웃음을 터뜨리며 꽃향기를 맡았다.

그러나 재회의 열정을 나누며 주변 사람들에게 닭살 커플이라는 야유를 듣던 우리도 시간이 지나면서 점차 여느 연인들처럼 서로가 편안해졌다. 가끔 싸우는 일도 있었다. 피곤한 날은 그의 집보다 내 방 침대에서 자는 게 더 좋았다. 밀당 따위는 없었다. 그는 너무 잘해줘서 긴장감이 없을 정도로 내가 원하는 것을 다 해 주었고, 업무 스트레스에서 비롯된 투정도 다 받아 주었다.

"힘들면 그만둬. 내가 보기에 네 직업 별루야."
"안 힘든 일도 있나, 뭐?"
"밤낮이 없는 게 제일 문제. 불규칙하고, 스트레스도 많고."
"난 자기 직업 좋은데, 맛있는 거 맨날 먹을 수 있고. 나 그만두면 먹여 살릴래?"
"결혼하자."

뜻밖의 청혼에 얼어붙었다. 생각도 못 하고 있었다. 놀란 내 표정에 그는 더 당황했다.

"당장 하자는 건 아니야. 하지만 계획을 하자는 거지. 생각해본 적 없어?"
"미안해. 너랑 하기 싫다는 게 아니라, 결혼 자체를 아직은 잘 모르겠어."
"이제 우리 나이도 있잖아. 난 계속 생각했어. 너도 오늘부터 진지하게 생각해 봐."

그는 괜찮다고 했지만 상처받은 얼굴이었다. 우리는 그 이후로 한동안 더 만났다. 그를 만나 여느 때처럼 같이 밥을 먹고 차를 타고 집으로 돌아가는데 문득 오늘이 마지막이라는 예감이 들었다. 별다른 문제가 있지는 않았다. 평소와 비슷한 데이트였다. 회사에서 짜증 났던 일들과 새로 맡게 된 프로그램 얘기를 했다. 그는 새로 개발하고 있는 레시피 얘기를 했다. 몹시 추운 날이었지만 우리는 단 한 번도 서로의 손을 잡지 않았다. 술 한잔할까 물어보는 그에게 피곤해서 집에서 자야겠다고 사양했다. 돌아가는 그에게 손을 흔들었지만 그는 뒤를 돌아보지 않았다. 그의 차는 굉음을 내며 빠른 속도로 멀어져 갔다.

몇 달간 서로 연락을 하지 않았다. 마치 처음부터 몰랐던 사이처럼. 몇 번쯤 아무렇지도 않게 먼저 연락을 해볼까 망설이기도 했다. 하지만 굳이 실행은 하지 않았다. 전화를 하고 다시 만나도 우리 사이의 엔딩이 달라지지 않으리라는 걸 알고 있었다.

회사에 휴가를 내고, 주변에는 여행을 다녀오겠다고 하고 그냥 집 안에만 틀어박혀 있었다. 암막 커튼을 쳐서 비가 왔는지, 눈이 왔는지도 모르겠다. 어둠 속에서 침대 맡 조명 하나만 켜고 하루 종일 소설책을 읽고, 드라마를 봤다. 슬픔도, 배고픔도 느껴지지 않았다. 힘이 없을 땐 식탁 위에 남아 있던 비스킷과 바나나를 먹었다. 꺼 두었던 핸드폰을 켜니 몇 개의 부재중 전화와 일주일의 시간이 지나가 있었다. 친구들의 시시껄렁한 메시지와 여행 가서 재미있냐는 엄마와 동생의 메시지도 확인했다. 커튼을 열었더니 오랜만의 빛 때문에 눈이 부셔 인상이 저절로 찌푸려졌다. 강남대로 위로 차들이 쌩쌩 달리고 있었고, 세상은 나 하나쯤 없어도 잘만 돌아가고 있었다.

입던 옷에 슬리퍼만 신고 집 앞에 있는 주류 가게로 갔다. 위스키와 드람브이를 사서 집으로 돌아와 인터넷을 검색했다. 위스키 30ml에 드람브이 30ml. 위스키 잔이 없다. 적당한 유리잔을 꺼내 적당히 1 대 1로 섞었다. 한 모금 마셨더니 속이 타 들어간다. 얼음을 넣었더니 한결 부드럽다. 그가 말한 끝내주는 러스티 네일 비율은 뭐였을까? 언젠가는 나도 알게 되는 날이 있을까? 위스키 1: 드람브이 2도 꽤 괜찮다. 이리저리 비율을 달리해가며 마시다 보니 정신이 몽롱해진다. 쌉쌀함과 달콤함이 뒤섞인 맛. 마치 그와의 연애 같은 맛이다. 한번 어긋나 이미 녹슬어버린 사랑을 달콤함을 덧발라 재회의 열정으로 불태웠다. 서로에게 세컨드였던 어린 날. 애초에 신뢰할 수 없었던 관계로 시작된 사이라서 결혼이라는, 굳은 믿음을 바탕으로 엮어가야 하는 앞날에 대해서 회의적일 수밖에 없었던 것일까? 먼저 용기를 냈던 나를 외면해버린 그에 대한 상처가 뒤늦게 되살아나 지금의 청혼을 거부하고 싶은 것일까. 그도 아니면...
나는 평생 한 사람과 살아야 하는 결혼 자체를 두려워하는지도 모른다.

연애는 달콤하지만 실연은 쓰다. 그런데도 끝없이 사랑을 찾는 나는 인
생에서 대체 어떤 결말을 원하는 걸까? 아직도 잘 모르겠다.

가끔 그가 그리울 것이다. 화선이가 말한 것처럼 끈질긴 인연이라면 어
쩌면 두 번째 이별 또한 그와의 끝이 아닐 수도 있다. 모든 건 시간이 흘
러야 선명해진다. 수 없는 시행착오 끝에 찾아지는 러스티 네일의 황금
비율처럼 달콤 쌉쌀한 내 인생에 꼭 맞는 사랑이 찾아들기를 기다리며
술을 넘긴다.

최정하

한양대학교 연극영화학과를 나와 영화, 애니메
이션, 예능 등 다양한 콘텐츠를 만들었다. 현재
CJ E&M의 PD로 테이스티 로드, 다 해 먹는 요
리학교, 8시에 만나, 마음에 들어, 마이 박스,
두 남자의 캠핑쿡 등 다수의 TV프로그램을 제
작하고 있다.

드링크 미: 신시어 BAR

마법의 순간, Drink me

김희전

약 (drugs) - Drink me[1]

복용법: 녹색의 압생트가 담긴 와인 잔에 불을 붙인다. 연기를 모아 스트로로 들이마신 후 압생트 샷과 바텐더의 은밀한 묘약을 섞어 단숨에 들이킨다.

녹색 연기에 정신이 몽롱해지고 온몸의 긴장이 풀리는 순간, 그 틈을 놓치지 않고 다가오는 강렬한 샷! 독한 기가 목을 타고 내려가면 세상의 모든 근심은 사라지고 은밀한 판타지가 열린다. 일터에서의 고된 하루,

사랑과 이별의 반복 속에 쌓여가는 슬픔과 상처를 잊고 동화 속의 앨리스처럼 이상한 나라로 빨려 들어가는 것이다.

이상한 나라에서 앨리스는 가슴 저미게 사랑했던 그와 함께 거닐었던, 봄비 내리는 벚꽃길을 다시 걷는다. 헤어지던 날, 힘없이 시들어 죽어버린 오렌지 재스민 화분도 여기서는 거대한 나무로 무성하게 자라 있다. 하늘과 가장 가깝다는 티티카카 호수에서 손에 잡힐 것 같은 구름을 향해 손을 휘저어보기도 한다. 깔깔대는 원주민 여인들의 웃음소리가 청량하다.

판타지.

간절히 원했으나 이루지 못한 것에 대한 환상.

내가 나를 싫어하던 순간들, 뇌리에 단단히 박혀 있는 스스로의 단점, 살아가며 부대끼는 수많은 문제들. 그 모든 것들이 먼지처럼 사라지는 이상한 나라에 입성하는 순간, 나라는 존재는 공기처럼 가벼워지며 순간을 즐기게 된다. 자유롭다. 삶의 무게가 없어진다.

어제도, 오늘도, 내일도... 앨리스는 약을 복용하고 이상한 나라를 여행

한다. 압생트가 뿜어내는 연기는 현실과 꿈이 구분되지 않는 혼돈의 미로다. 약을 마시고 눈을 감으면 매일 새로운 나라에서 새로운 요일이 열린다. 앨리스는 밤마다 세상에 없는 다른 날을 꿈꾸며 잠이 든다.

8요일의 남자

아침 6시 50분. 와니에게 전화가 온다. 차 안의 음악을 배경으로 그의 밝은 목소리가 들린다.

"어서 일어나! 나랑 놀아줘야지 ~."

매일 아침 나를 깨우는 와니의 인사에 나도 변함없는 첫인사를 던진다.

"애기야 안녕?"

나보다 일곱 살 어린 이 남자는 도무지 종잡을 수 없는 20대 중반. 그러나 그 나이대에서는 평범하다 싶을 보통의 청년이다. 취업난에 허덕이는 밀레니얼 세대라 한동안 마음고생을 하더니 몇 달 전 드디어 회사다운 회사에 들어갔다. 잡지사 광고팀 소속 인턴으로 하는 일이라고는 아직은 매달 잡지와 명함을 돌리는 일이 다인데도 마치 저 혼자 지구를 지키는 양

책임감이 장난 아니다. 꼭두새벽에 일어나 나가면서도 버겁기는커녕 신이 난 모습이 귀여우면서도 왠지 안쓰럽다. 와니는 새벽 출근길부터 퇴근하는 순간까지 하루 종일 틈만 나면 전화를 해서 쫑알쫑알 일과를 보고한다. 소소한 업무에 대한 불평불만, 광고팀에서 기획팀이나 편집팀으로 옮겨가서 장차 유능한 편집장이 되고 싶다는 비전, 고급스러운 풀옵션 세단이나 강이 보이는 언덕 위의 빌라처럼 앞으로 갖고 싶은 것들에 대해 끊임없이 수다를 떤다. 가끔 버릇없이 칭얼거릴 때는 나도 모르게 순식간에 싸늘해지지만 조금만 온도가 내려가도 "아잉, 사랑해 ~" 하며 애교를 떠는 통에 오래 화를 낼 수가 없다. 기가 차서 웃게 만드는 것도 능력이라면 능력이다. 연하의 애인은 이런 게 어렵다. 연인은 대등한 관계여야 하는데 힘들어도 나는 기댈 수가 없고, 때로 그가 선을 넘는 게 고까운 마음이 든다. 연인이어도 서로 예의를 지키는 성숙한 젊음이었으면 하는 바람은 지나친 기대였던가.

요즘 애들은 사랑한다는 말을 참 쉽게 한다. 좋아한다는 말도, 사랑한다는 고백도 어렵기만 했던 나. 그런 나와 달리 만난 지 일주일 만에 수도 없이 사랑한다고 읊어대는 와니를 보며 내 나이를 실감하고 그의 세대를 알아간다.

나는 와니의 연인이다.

그에게 나는 어떤 모습으로 비칠까?

눈을 감고 그의 눈과 귀가 되어 본다.

무슨 일을 하든 스스로 행복감을 느낄 수 있어야 하고 선택한 다음에는 최선을 다해야 한다는 내 잔소리를 마치 밥때 기다리는 강아지마냥 경청하고 있는 표정이 보인다. 그의 끔벅거리는 맑은 눈동자는 진지한 생각 따위는 1도 없는 청순한 두뇌를 대변한다. 상상 속의 그에게 대답 없을 질문을 던진다.

'너에게 나는 어떤 존재인 거니? 연인? 보호자? 밥과 술을 잘 사주는 누나?'

사실은 맑은 게 아니라 아무 생각 없이 흐릿한 눈빛이었던 그에게 혼자 묻고 혼자 대답한다.

'솔직히 말하면... 나는 너에게, 그리고 세상의 모든 남자에게 더 이상 그 어떤 것도 기대하지 않아.'

점심시간. 또다시 걸려온 와니의 전화.

"어디야? 나 배고파 ~."

핸드폰 너머로 들리는 철없는 목소리에 순간, 엄마 미소가 번진다. 나도 와니처럼 아무 근심 걱정이 없어진다. 에너지가 넘치는 그 아이와 함께 하는 일주일은 늘 짧다. 하루하루가 새롭고 신선해서 복잡한 내 머릿속 이 마치 차가운 아이스크림을 급하게 먹었을 때처럼 쨍하게 아려 온다. 고통과 짜릿함을 동시에 느끼는 머리를 붙잡은 채 한쪽 눈을 찡긋 감고 는 그에게 말한다.

"왠지 너에게는 8요일이 있을 것 같아. 너는 나에게 8요일의 남자야."

마음껏 투정 부리고 사랑받고 싶었던 20대의 나, 그때의 나를 지긋이 바라보며 따뜻하게 미소 짓던 누군가의 미소는 지금 나의 일부가 되어 다른 상대에게 따뜻함을 전하고 있다.

20대에 원했던 이상의 남자, 그리고 지금 내 옆에 있는 현실의 남자. 나 는 과연 이상을 성취했나, 아니면 포기했나.

어렸던 나는 지성인에 소위 재력가라고 불리던 당시의 연인 성진에게 말 했다. 내가 원하는 것은 돈이 많고 사회적 지위가 높은 당신의 여자가 되는 게 아니라, 그런 당신이 온전히 나만의 것이기를 원한다고. 하지만 현실은 냉정했다. 모든 걸 다 가질 수는 없으니 뭐라도 포기를 해야 했는데, 나는 내 마음을 불편하게 하는 그를 포기했다.

지금은 불완전한 이상 속, 균형 없는 존재인 나만이 덩그러니 남아 있다.
그래서 그렇다고.
아무것도 기대하지 않는다고.
한때 뜨겁게 사랑했던 모두를 떠나보내고 흉터투성이가 된 이제야 말이다.

Entrance = Start, Exit = Next

세계적인 관광지임에도 불구하고 오가는 사람 하나도 마주치기 힘든 우붓의 푸리 미술관. 울타리 안의 정원조차 전시의 한 부분처럼 아름답다. 신들의 땅, 발리 어디에서도 맡아지는 터마릭향이 습한 공기에 섞여 야릇하게 다가온다. 땀이 차서 온몸이 가려운데도 이 후끈함이 싫지 않다. 유리창에 비친 여자는 다 떨어져 가는 쪼리에 홑겹의 허름한 원피스 한 장을 걸치고 있다. 여행자가 아니라 현지인 같은 포스가 마음에 든다.

성진과 이별하고 한 달이 넘도록 불면증에 시달리다가 충동적으로

비행기 티켓을 끊었다. 모바일 결제 후 정확히 열 한 시간 뒤에 내 몸은 비행기에 올라 있었다. 발리에서 아무런 계획 없이 발길 닿는 대로, 눈길 가는 대로 흘러가기로 마음먹은 뒤였다. 무언가에 홀린 듯 우붓에 도착하자마자 들어선 이 작은 미술관. 포장되지 않은 흙바닥과, 오래된 건물들과 후끈한 공기와 터마릭 냄새 섞인 바람과 살갗에 지글거리며 인사하는 태양을 마치 모든 것이 처음인 듯 신비롭게 맞이했다. 전시관의 입구에 Entrance, 출구에는 Exit 라고 적혀 있다.

아는 만큼 보이고 생각하는 대로 삶이 움직인다고 했던가? Entrance 와 Exit 사이에서 과거의 그 누군가가 지금의 나에게 남겨준 메시지 같아 한동안 서 있었다. 현재의 나, 그리고 곧 새로워질 나에게 말하는 것 같다.

Entrance = Start
Exit = Next

궁상맞은 이별의 아픔 따위는 잊고 새롭게 시작하라고, 출구를 나서 이제 정신을 차렸다면 어서 다음의 스텝을 향해 나아가라고.

정원을 걷다가 오래된 작품을 복원하고 있는 화가를 만났다. 그의 이름은 와얀 와따야사. 미술관 내의 훼손된 작품들을 복원하고 있지만 개인 화랑도 가진 우붓의 프리랜서 화가였다. 작업에 방해될까 싶어 먼발치 계단에 주저앉아 묵묵히 일하는 그의 모습을 바라보았다. 작품이 아니라 그를. 홀로 다른 세상인 듯 집중하고 있는 화가를 보고 있자니 이 공간과 시간을 감히 함께해도 되는지 무람해진다. 그와 눈이 마주쳤다. 미소와 함께 눈인사를 했다. 방해가 된 것 같아서 미안하다고, 계속 너의 일을 하라고 했지만 그는 괜찮다면서 손짓으로 가까이 오라고 불렀다. 붓을 내려놓은 와얀은 복원 중인 그림에 관해 설명을 해주다가 물감이 잔뜩 묻은 손을 뻗어 나를 잡는다. 깊고 검푸른 그의 눈동자에 사로잡힌 듯, 손을 뺄 수가 없었다.

"어떻게 여기에 왔니? 너는 지금 울고 있는데..."

나의 눈물을 알아본 자. 심장이 아파 왔다. 나는 와얀의 손을 뿌리치고 도망가는 대신 고해성사를 하듯 솔직하게 나의 이야기를 털어놓았다. 사랑하는 사람과 헤어지고 마음의 병에 걸렸다고, 지금 너무 아파서 이 고통에서 영영 벗어날 수가 없을 것 같다고. 담담한 척 오래 참았던 눈물이 그렁그렁 차오르더니 쉬지 않고 넘쳐흐른다. 와얀은 나를 울게 내버려 두었다. 한참이 지나 그가 다시 물었다.

"아직도 그 사람을 사랑하니?"

"응. 너무나."

"그를 다시 찾아가 봤어?"

"아니, 우린 다시는 만나지 않기로 했어."

"어쩌면 네가 너 자신을 사랑하는 만큼 그를 사랑하지 않았을 수도 있어."

"무슨 소리야?"

"수많은 밤, 그리고 어젯밤에도 너는 그 사람을 찾아갈 수 있었어. 하지만 비행기를 탔고 지금 여기 있잖아. 그보다 너 자신을 더 사랑하기 때문이야."

"그게 아니라……."

남의 연애 속사정도 모르면서 단정 짓는 와얀에게 자기변명을 늘어놓으려는 찰나, 성진의 마지막 말이 떠오른다.

'못하겠어. 너를 사랑하지만 더 이상은 감당할 수 없어.'

나를 포기하는 것이 그의 마지막 인사였다.

성진을 만났던 시절은 젊고 아름다웠던 20대 중반. 그 사람은 이혼한 지 수년이 흘러 싱글의 삶에 다시 익숙해졌지만 대외적인 신분은 말 그대로

'애 딸린 이혼남'이었다. 나는 수많은 갈등과 혼란 속에서 그 '애 딸린 이혼남'과 사랑에 빠졌다. 따뜻한 눈빛과 지성적인 목소리, 듬직한 어깨와 커다란 손은 처음부터 나를 설레게 했다. 또래의 청년들과는 비교도 안 되는 연륜과 카리스마를 가진 그는 아주 조심스럽게, 천천히 다가왔다. 그를 밀쳐내려고 일부러 못되게 굴 때면 그는 다 안다는 듯한 미소로 나를 다독거리며 불안한 내 마음이 안정될 때까지 기다려주었다.

나는 그를 볼 때마다 화가 났다. 이 멋진 남자가 왜 다른 여자의 남편이었어야 하지? 왜 누군가의 아빠여야만 하지? 긴 세월을 돌고 돌아 이제야 내게 온 것이 아프고 다른 여자가 누렸을 그의 과거에 질투가 났다. 그러던 어느 날, 아이 사진을 보고 있던 그를 향해 기어이 터지고 말았다.

"너무 싫어! 당신은 이미 다 해 본 거잖아. 떨리는 결혼식! 달콤한 신혼 생활! 처음으로 아이를 가졌을 때의 행복! 사랑스런 아이를 키워가는 그 모든 과정이 당신은 다 처음이 아니잖아! 우리가 같은 느낌으로 경험할 수가 없잖아. 나만 다 처음이야... 내가 느낄 떨림과 설렘이 당신에게는 이미 시들한 일이겠지."

모든 투정에 미소와 포용으로 안아주고 참을성 있게 기다려주던 그의 낯빛이 변했다.

"대체 언제까지 그 얘기를 할 건데? 지금 중요한 건 우리 두 사람 아니야?"
"나더러 이런 걸 계속 지켜보라고? 이해하라고? 내가 아닌 다른 여자하구 만든 당신의 삶을 내가 왜 지켜보고 공유해야 돼? 나 못 할 것 같아. 아니... 죽도록 싫어!"

그는 오랜 침묵 끝에 선언하듯 말했다.

"이제 그만 하자. 너를 사랑하지만, 이런 너를 더 이상 감당할 수가 없어."

그가 나를 버린 것일까? 아니면 와얀의 말처럼 내가 나를 더 사랑했기에 스스로 포기한 것일까?

생각에 잠긴 나에게 와얀이 부드러운 목소리로 그러나 강한 눈빛으로 나를 똑바로 쳐다보며 말했다.

"세상에 그 누구도 너만큼 너를 사랑해주지는 않아. 내 가족들은 10년째 가정을 돌보지 않고 종일 이곳에 앉아 물감투성이가 되어있는 나에게 지쳤고 결국 나를 포기했지. 하지만 나는 내 결정을 후회하지 않아. 내가 선택한 예술이란 것은 사람의 말로는 표현할 수 없는 힘이 있거든. 세상이 아무리 변해도, 사람의 말로는 표현할 수 없는 아름다운 것들이

내가 사는 세상에 아직 남아 있어서 얼마나 다행인지 몰라. 가족이라는 울타리 속의 나보다는 그 '아직'을 지키며 살아가는 화가로서의 나를 더 사랑해."

와얀의 말에 귀를 기울이다가 그가 알아듣지도 못할 한국말로 혼잣말을 했다.

"그래, 나는 그 사람과 헤어져서 아픈 게 아니라 내가 상처받을까 봐 겁먹어서 놀랐던 거야. 이건 내가 결정한 아픔이야."

다음에 또 보자는 기약 없는 인사를 하고는 미술관을 나섰다.

기분이 좋아진다. 이 신비로운 타지에서 수백 년의 역사를 머금은 작품들을 누리고 도의 경지에 이른 화가의 말벗이 되어 위로를 받다니 새삼 인생에 이런 호사가 있나 싶어 눈물도 멎는다. 이별의 아픔은 분명히 나아지고 있다고 스스로 주문을 건다.

나의 찬란했던 20대, 실연의 상처를 이겨내기 위해 선택했던 여행은 나에게 이 세상이 가진 아름다움을 마음껏 누리라고 말해주었다.

이별이라는 상처 VS 연애라는 약

오늘도 바텐더 제이가 반갑게 맞이한다.

"오늘도 혼자?"

나는 억지 미소를 지으며 대답한다.

"네. 약 주세요."

유난히도 길었던 한 주간, 지쳐 있는 금요일의 퇴근길. 블링블링한 클러치백 대신, 노트북이 담긴 시커먼 가방을 스툴에 올려두고 바에 앉아 약을 주문한다.

와니와 헤어진 지 이제 막 3일이 지난 것 같다. 정확히 말하면 연락이 두절된 지 3일. 인생의 어느 순간부터 애인들과 헤어지는 계기가 연락 두절이 되곤 한다. 아무런 통보도 없이 찾아오는 이별. 그들이, 혹은 내가 먼저 선택하는 단절. 상대의 연락이 뜸해지면 이별의 기운을 감지하기 시작하고 눈치껏 더 이상 서로를 찾지 않는다. 언제부터 나는 이런 관계를 만들기 시작했을까? 어떻게 이 지경이 된 걸까?

눈앞에 펼쳐진 압생트가 내뿜는 푸른색 불 쇼를 지그시 바라보고 있자니, 그 아이를 처음 만났을 때 나만의 언어로 이 칵테일을 소개하던 기억이 떠오른다.

'있잖아, 이 칵테일은 마시는 게 아니라 꿈꾸는 거야.'

사력을 다해 쿨한 척 위장을 해도 사랑에 빠지면 금세 등신이 되어 간쓸개를 빼주는 나는 어린 연인을 하트 모양의 눈동자로 바라보며 달콤하게 속삭이곤 했다. 아직 술잔을 입에 대지도 못했건만 얼굴이 화끈 달아오른다. 오글거리는 멘트를 날렸던 내가 부끄러운 건지, 결국 이따위로 떠나버린 그에게 화가 난 것인지 모르겠다. 어쨌든 술이라도 마셔야 발갛게 달아오른 얼굴을 무마할 수 있겠다는 생각에 급하게 연기를 들이마시고 압생트 샷을 묘약에 말아서 단숨에 들이킨다. 압생트의 짜릿한 아니스 향에 정신이 몽롱해지면서 과거의 남자들이 차례로 머릿속을 지나간다.

헤어지자는 말에 차도로 뛰어들며 죽어버리겠다고 협박했던 남자도 있었고 이별 후에 한 달간 집 앞에서 고래고래 소리를 지르며 난리를 치던 남자도 있었다. 마시던 술병을 깨서 손목을 그었던 남자가 있었는가 하면 차이는 게 억울했는지 그간의 연애 과정에 대해 하나씩 꼬투리를 잡으며 따지던 남자도 있었다. 이별 선언에 터무니없게도 결혼을 제안했던 남자가 있고 마주 보고 서로가 욕을 실컷 해댔던 이별도 있다. 그러나 적어도 모두가 직접 얼굴 보고 말은 했다. 헤어지자고, 우린 이제 끝났다고.

세상에서 제일 나쁜 일은 좋지도 싫지도 않은 무언가를 하는 것이다. 사랑도, 일도.

좋지도 싫지도 않던 상대가 좋아지면 다행인데, 싫어지기 시작한 후에 다른 유혹이 오면 뒤도 돌아보지 않고 떠나게 된다. 그래서 좋지도 싫지도 않은 연애는 나 자신과 상대 모두에게 못할 짓이다.

연애는 못할 짓인 걸 알면서도 중독에서 헤어 나오기 힘든 '약' 같은 것이다. 연애가 가져온 이별의 상처 때문에 치료할 약이 필요해서 또 다른 연애를 한다. 와니와의 이별은 곧 금단현상을 일으킬 것이고 난 망각의 약이 필요하다.

Drink Me

시계가 자정을 향해 달려간다. 몇 달 사이 점점 심해지고 있는 나의 불면증은 대체 언제쯤 나아질까?

약이 필요하다.

잠들지 못하는 짜증을 살짝 들뜨는 설렘으로 바꾸어 약국으로 떠난다. 나의 약국은 자주 가는 청담동의 단골 바다. 내 병을 단번에 고쳐주는 약을 판다. 혹시나 했는데 그럼 그렇지, 방송국 PD인 친구 정하가 연일 이어진 야근에 질린 얼굴로 먼저 와 앉아 있었다. 최근 남자친구와 이별한 그녀는 나만큼이나 어두운 얼굴로, 세상 근심을 모두 짊어진 사람처럼 한숨을 푹푹 쉬고 있다. 그녀의 등짝을 힘껏 내려치며 말했다.

"혼자서 뭐하냐?"

갑작스러운 스매싱에 그녀가 하이톤 비명으로 날카롭게 반응한다. 바에 있는 몇 안 되는 손님들이 우릴 쳐다본다.

"아야, 아파! 넌 이 시간에 혼자 여길 왜 오냐?"
"헤어진, 아니 헤어진 것으로 추정되는 그놈이 괘씸해서 잠이 안 와. 아, 지겨워. 평생 만나고 헤어지고 이 짓을 대체 얼마나 더 해야 하나?"
"누구든 그냥 친구로만 지내. 너는 너무 금사빠야. 금방 사랑에 빠지고 올인 하다가 헤어지고 혼자 맘고생 하고."

금사빠의 후유증을 반평생 함께 해 온 친구의 지적에 어디론가 숨고 싶
다. 화가 난다. 슬프고 아프다. 결국 잊히고 말겠지만 현재의 상처는 지
나치게 생생하다. 정하는 땅이 꺼질 듯이 한숨을 쉬며 묻지도 않은 남자
친구 이야기를 시작한다.

"남친이 왜 나를 떠났는지 이유를 알았어."
"왜? 알고 보니 유부남이야? 요즘 그런 인간들이 너무 많잖아."
"알고 보니 게이더라고."
"뭐?"

정하는 점점 언성이 높아지며 한풀이를 시작한다. 바텐더에게 부탁해
정하에게도 약을 처방해달라고 했다. 남편도 없고 아이도 없는 우리들,
연인과도 헤어진 우리들. 커리어 우먼의 레텔이 남았지만 서로의 고단함
을 속속들이 알기에 알파걸이니 골드미스니 하는 허황된 단어에 위로받
지 못하는 워커들. 금요일 밤이면 일주일의 노동을 달래줄 독한 약이 필
요하다.

'Drink me'를 만나게 된 건 막 서른이 되면서부터였다. 어릴 때는 서른이

비로소 어른이 되는 마지막 통과선인 줄 알았다. 그게 착각이라는 건 30대의 문턱에 들어서자마자 순식간에 깨달았지만.

성진을 허무하게 떠나보낸 뒤 남자를 잘 믿지 않게 된 나는 다가오는 그들에게 최선을 다해 비아냥거리고 못되게 굴어 모두가 혀를 차며 떠나가게 만들었다. '너희들이 오늘 내게 던지고 있는 그 추파는 언젠가 수많은 그녀들에게 던져졌던 닳고 닳은 멘트들이고, 미래에 당신의 와이프가 될 사람에게도 시도할 것이며 와이프가 아닌 다른 여자들에게도 수없이 다가갈 무가치한 유혹'이라는 비정상적인 증오가 그 시절 내 가슴을 지배했다. 온전히 내 것이길 원했던 그가 과거에 다른 여자의 것이었다는 이상한 이유로 사랑하는 사람을 떠나보낸 후유증이었다. 나는 어렸다. 어리석고 철없었던 소유욕을 후회했지만 이별은 돌이킬 수 없었다.

우아하고 성숙한 여성이 되어 성대한 파티를 열 줄 알았던 서른 살의 생일, 나는 못된 성질을 부리며 독설을 내뱉다가 남자한테 차여서 혼자 자축을 해야 하는 '괴상한 소유욕의 히스테리녀'라는 포지션으로 바에 들어갔다. 이곳을 처음 알게 된 것은 지난 주말, 잠 안 오는 야밤에 동네를 걷다가 후미진 골목에서 해괴한 문 하나를 발견했을 때였다. 호기심이 발동했다. 간판도 없고 벽에 화살표 하나만 덩그러니. 뭔가 싶어 한참을 기웃거리고 있는데 갑자기 그 비밀의 문에서 낯익은 재즈 가수가 허리를 잔뜩 구부리고 튀어 나왔다. 나 혼자 친근한 마음으로 그에게 다 짜고짜 물었다.

"저기요, 죄송하지만 여기 혹시 뭐 하는 데에요?"

얼큰하게 취한 듯 눈이 풀린 그가 나와 눈을 한 번 마주치더니 웃으면서 대답해준다.

"여기요? 호그와트로 가는 문이요."

재즈 가수는 깔깔대며 사라져갔지만 나는 그의 취기에 숨어 있는 바 정 도 되겠다는 막연한 짐작을 해보며 물러 나왔다. 다음에 정말 우울한 날 혼자 와보겠다는 가당찮은 결심으로 발길을 돌리면서.

'그 우울한 날이 왜 하필이면 내 생일인 거니. 생일이라서 우울한 거니?'

바보 같은 질문을 스스로 던지면서 허리를 접어 작은 문을 통과했다. 근 사한 터키블루 칵테일 드레스를 입고, 불과 몇 시간 전 백화점 마놀로 블라닉 매장에 들어가 충동구매한 아찔한 높이의 스틸라토 힐, 하얀 얼 굴이 돋보이는 스모키 메이크업에 살구색 립스틱을 은은하게 바른 나는 내가 봐도 아름다웠지만 어두컴컴한 바 구석에 앉아 쿰쿰한 시가 냄새를 맡으며 혼자 케이크를 처먹고 있었다. 이런 나에게 위로가 필요해 보였는지 제이라고 이름을 밝힌 믹솔로지스트가 말을 걸어왔다.

"생일 케이크네요? 본인 생일?"

왠지 최대한 쿨해 보여야만 하겠다는 생각으로 가급적 간결하게 대답한다.

"네. 맞아요."
"축하주는 뭐로 드시겠어요?"
"그냥 센 거로 주세요. 저한테 어울릴 것 같은 칵테일로."

오랜만에 예쁘게 입고 나온 나를 위아래로 살펴보던 제이는 잠시 생각에 잠겼다가 제안을 한다.

"좀 많이 센 건데 괜찮으세요? 압생트라고..."
"반 고흐가 마시고 귀를 잘랐다던 초록색 술 아니에요?"
"잘 아시네요."
"오늘 딱이네요. 안 그래도 내 귀라도 자르고 싶은 기분인데."

"하하, 그럼 안 되죠. 일반적으로 압생트는 샷 잔 위에 수저를 올리고 각설탕을 녹여가면서 마시는데 그건 너무 식상하잖아요? 아름다운 숙녀분께 생일 스페셜로 한번 올려보겠습니다."

그가 와인 글라스에 압생트를 넣고 불을 붙인다. 뜻밖의 불 쇼에 바에 있던 다른 손님들이 손뼉을 쳤다. 불이 꺼지자 제이가 나에게 스트로우를 주고 와인잔에 담긴 압생트 연기를 마시게 한다.

"눈을 감아요. 코로 숨 쉬지 말고 연기를 입으로 마셔요."

본의 아니게 주목을 받게 된 상황에 눈까지 감으라니 왠지 더 쪽팔리는 기분이지만 선택의 여지는 없었다. 시키는 대로는 했다. 연기가 식도를 타고 들어가 속이 후끈해진다. 민트를 다발로 우걱우걱 씹어서 온몸이 화해지는 느낌과 비슷하다. 인상을 쓰면서 눈을 뜨는데 제이가 제지한다.

"눈 뜨지 말고! 눈을 감아야 제대로 느낄 수 있다구요."

영화에서 본 마약쟁이들의 모습이 떠오른다. 하지만 이왕 팔린 쪽, 새로운 경험을 완수하자는 마음으로 어설프게 남은 연기를 들이마셨다. 이어서 도무지 맛을 알 수 없는 음료를 탄 압생트 샷까지 털어 넣었다.

들이마신 연기 때문에 식도는 타버린 느낌이고 코는 감각이 없다. 제이가 칭찬을 해준다.

"잘하셨어요. 다음에는 조금 더 자연스럽게!"
"이게 대체 무슨 칵테일이에요? 왜 이렇게 먹는 게 복잡해요?"
"아직 이름은 못 지었고요, 저는 그냥 약이라고 불러요. 몸이든 마음이든 아플 때 즉효거든요. 몽롱함 속에 세상 다 잊고 기분 좋아지라고 만든 칵테일이에요. 손님한테 오늘 이 약이 필요해 보였어요."

놀랍게도 기분이 정말 좋아진다. 내가 왜 혼자 여기에 왔었는지조차 생각나지 않고 온몸을 꽉 채우고 있던 긴장감과 슬픔이 어디론가 사라진 듯 편안해진다. 나는 처음 마신 칵테일에 이름을 붙여주었다. <이상한 나라의 앨리스>에서 토끼가 앨리스에게 주었던 약의 이름을 따서 'Drink Me'라고. 나는 드링크 미를 마시며 성진과의 이별이 남긴 아픔을 서서히 줄여갔다. 오늘은 와니마저 잊을 생각이다. 게이였던 남친 때문에 상심과 분노 사이를 오가고 있는 정하에게도 처방을 해주면서.

시절 인연

오늘따라 경부 고속도로는 차들이 뒤엉켜 속도가 나지 않는다. 답답해서 의미 없는 시도인 줄 알면서도 자꾸 차선만 바꾸고 있다. 햇살이 노랗게 빛나던 오후가 무르익으면서 점점 하늘이 어두워지더니 청색 빛이 된다. 음악을 틀어본다. 성진이 좋아하던 '검정치마'의 노래가 나온다. 뮤직 박스에는 그의 흔적들이 곳곳에 남아 있어서 스마트 폰의 추천 랜덤으로 노래를 듣고 있자면 나만 아는 추억의 레퍼토리가 이어진다. 뮤직박스는 귀로 듣는 사진첩처럼 나의 역사를 조용히 기록하고 있었다. 공기 속에 살짝 얹은 힘없는 목소리, 단순한 가사에 반복되는 멜로디는 듣는 이를 몽롱하게 만든다. 한없이.

International love song

I wanna be with you

Oh, I wanna be with you

Through the rain and snowI wanna be with you

I'm so lonely without you

I can hardly breathe when you are away without you

I might sleep away all day

이별에는 극복을 위한 의식이 필요하다. 성진과 헤어지고는 발리에 갔었지만 와니와 헤어진 뒤에 너무 큰 포즈는 오버 같아 낙산사를 찾았다. 겨울 바다가 보고 싶기도 했다. 새하얀 눈옷을 입은 낙산사에 도착하니

절에서는 누빔 조끼와 승복 바지를 내어준다. 주는 대로 껴입고 스님 앞에 앉았다. 청아한 얼굴빛에 투명한 갈색 눈동자를 지닌 비구니 스님은 나를 위해 지리산 황차를 우리고 있었다.

"그래, 우리 희전씨는 어떤 분이에요?"

지칠 대로 지친 나는 스님에게도 까칠하게 굴었다.

"세상에 내가 누구인지 항상 말해야 하는 사람이요. 이제 저에 대해서는 그만 얘기하고 싶어요."
"아, 그래요. 그럼 내가 먼저 얘기하지요."

스님은 노여워하지도 않고 스물여섯 한창나이에 불가에 입문하여 지금까지 살아온 구도의 삶을 이야기해 주었다. 나는 아주 오랜만에 아무런 마음의 준비를 하지 않아도 되고 긴장하지 않아도 되는, 대가를 지불하지도, 잘 보이기 위해 노력하지 않아도 되는 시간을 맞이했다. 새로운 일자리를 구하기 위해 나의 신상을 까발리며 면접관에게 구구절절 설명하지 않아도 되고, 소개팅에 나가 상대에게 좋은 인상을 주기 위해 종일 나를 꾸미며 신경 쓸 필요가 없다. 오랜만에 만나는 동창이나 오랜 친구들에게 아직도 미혼인 내가 얼마나 잘 나가고 있는지 포장할 필요도,

관심 없는 유부녀 친구들의 육아 이야기를 맞장구치며 들어줄 인내심이 없어도 되었다. 내가 말하고 싶지 않으면 침묵할 수 있는 자유. 산사에는 그런 침묵의 자유가 있었다. 스님은 내가 언젠가 들어본 적 있는 질문을 던진다.

"곧 울 것 같아. 말해 봐요. 뭐가 그렇게 답답해요?"

아... 나의 슬픔은 이토록 투명하고 나의 외로움은 이토록 노골적이었던가. 왜 먼 곳의 그들은 가까운 친구들도 알아보지 못하는 내 속울음을 왜 이리도 쉽게 알아보는 것인가.

"사랑하는 사람들에게 최선을 다한다고 생각했는데, 그들은 나의 최선이 흡족하지 않은가 봐요. 나는 아직도 노력하고 있는데...이해하지 못할 이유를 대며 떠나버리는 그들에게 지쳤어요. 이런 삶이 반복되는 게 이젠 지겨워요. 제가 그들에게 너무 큰 것을 바라고 있는 걸까요?"

아이처럼 투덜대는 나에게 스님은 차를 다시 채워준다.

"본인에게 그들을 맞추려고 하니까요. 나는 이만큼 했는데 어째서 당신들은 나만큼 노력하지 않아? 이런 생각으로 세상을 재고 있었던 것은

아닐까요? 내가 피해자라고 생각하지 말아요. 그들은 자기들이 피해자라고 생각할 테니 결국엔 서로 떠날 수밖에 없지요."

또다시 지긋지긋한 눈물이 흐르기 시작했다. 그 사람과 헤어진 게 벌써 몇 년 전인데, 마치 어제 막 헤어진 듯 새삼스러운 슬픔이 목까지 차올랐다. 그와 헤어지고 홀로 타지로 여행을 떠나 처음 만난 화가에게서 치유를 얻고 다 나았다고 주문을 걸었지만 완치가 된 것은 아니었던 모양이다.

"저 자신보다도 그 사람을 더 사랑했어요. 온 마음과 온몸으로 그를 사랑했지만 그는 결국 나를 떠나보냈어요. 나를 감당할 수 없다는 이유로."
"시절 인연이라는 말이 있어요. 오고 가는 중생의 인연은 부처님도 도리가 없답니다. 사람과 사람이 만나는 일, 그것은 자연스럽게 흐르는 물과 같은 거예요. 만나는 때가 있고, 헤어질 때가 있지요. 정말로 만나야 할 사람이라면 헤어졌다가도 다시 만나게 된답니다. 현세가 아니면 내세에서라도 말이죠."

잘못한 사람은 스님이 아닌데 나는 핏대를 세우며 스님 앞에서 분노를 터뜨렸다.

"영원히 나를 사랑할 것처럼 말해놓고는 하루아침에 떠나버렸어요. 그에게 쏟은 내 시간과 정성이 얼마였는데! 뭐가 부족해서 그 나이에 애 딸린 이혼남을 만나냐고 주변에서 혀를 찰 때도 굳건하게 그 사람 편을 들었는데, 그는 그런 나를 버리고 도망쳤다구요!"

"희전씨, 희전씨는 지금 어디에 살고 있어요?"

"네?"

"희전씨는 혼자 과거에 살고 있나요? 아니에요. 우리는 지금 현재에 살고 있어요. 지금 여기. 이 삶에 집중해요. 두고 온 저 삶에 대한 미련으로 피 흘리지 말아요. 과거에서 벗어나 지금의 나를 보살피고 미래의 나를 위해 살아요. 슬퍼할 시간이 어디 있어요?"

나는 조용히 눈물을 닦았다. 미지근해진 황차는 너무 우려졌는지 입에 썼다.

나는 어디에 있는가. 어디에서 살고 있는가.

파랑새의 꿈

스님과 차를 다 마시고 산사를 나와 의상대를 향해 걸었다. 의상대에 서면 홍련암이 내려다보인다. 홍련암은 불자들 사이에서 영험한 암자로 유명하다. 먼 옛날, 파랑새가 석굴 속으로 날아 들어간 것을 기이하게 생각한 의상대사가 7일간 밤낮으로 기도를 하자, 석굴 위에 홍련이 솟아나고 관음보살이 나타났다고 한다.

해 질 녘의 의상대 앞바다는 슬퍼 보였다. 금방이라도 폭우를 쏟아 낼 듯한 검은 하늘 아래, 넘실거리는 초록빛 물결. 소금물을 가득 먹은 바닷바람이 온몸을 휘감고 얼굴을 때린다. 얼굴로 튀어 오르는 물줄기를 맞으며 나는 눈을 감았다. 사랑하는 사람과 전쟁 같은 연애를 하다가 결국 헤어지고 나면, 비로소 알게 된다. 수순처럼 홀로 남은 고독 속에 괴로워하다가 오열하며 깨닫게 된다. 그가 나의 전부였음을, 그리고 이 모든 아픔은 내가 만들어 냈다는 것을. 사랑도 내가, 이별도 내가, 감당해야 할 아픔도 내 몫임을.

나는 지금 과거의 그들과 나를 잊기 위해 수많은 밤 의지했던 압생트를 닮은 녹색 바다 앞에 서 있다. 사랑 없이는 살 수 없는 외날개의 파랑새였던 내가 언젠가는 온전한 두 날개로 날아갈 수 있을까? 나의 뮤직박스는 여전히 혼자서 음악을 틀고 있었다.

Love Sunshine
내일이면 나를 버릴 사람들 걱정하는 게 아니에요
내일이면 난 다시 바다 건너에,

홀로 남을 그대는 괜찮나요.

내 귓가에 노래를 불러 넣어줘요.

다른 새소리가 들려오지 않게

유일했던 사랑을 두고 가는 내게 숨겨뒀던 손수건을 흔들어 줘요.

Hey, 눈을 붉혀선 안 돼요.

우리 다시 만나는 날에는

같이 늙고 싶다고

약속을 해 줄게요.

---

1) 루이스 캐럴 작, <이상한 나라의 앨리스>에서 토끼가 앨리스에게 준 약의 이름

김희전

동덕여자대학교 공연예술학부 방송연예과를
졸업하고 세종대학교 관광대학원 호텔경영학
과 외식경영 석사 과정을 이수했다. 2000년
SBS 한국슈퍼모델 선발대회에서 특별상을 수
상했으나 런웨이가 아닌 사무실을 선택, 마케
터로 살아왔다. 현재 ㈜히지노에서 기업 서비
스 컨설팅을 하고 있으며 저서 『요리사와 일주
일을』 낸 바 있다.

토요일의 칵테일

장밋빛 비밀 <잭 로즈>에 섞인 사랑

김현영

5월. 토요일 오후의 햇살은 투명하다. 늦봄 속에 초여름이 숨어 있는 날. 늦잠을 자고 일어나 <paris match>의 'Saturday'를 골라 플레이한다. 나른한 토요일에 자주 듣는 음악이다. 아무런 일이 일어나지 않는 주말이 대다수지만 오늘 같은 날은 다르다. 결혼식에 참석하는 토요일 오후. 풀 메이크업을 하는 날에는 색다른 이벤트를 기대하곤 했지만 그런 마음도 30대 초반까지의 열정일까? 일 년에 한두 번 할까 말까 한 풀 메이크업을 하고 있지만 이제 특별한 일이 일어날 거라는 기대나 바람은 가지지 않는다. 결혼식도 무조건 다 참석하지 않는다.

서울 외곽에 위치한 성당으로 차를 몰고 간다. 라디오에서는 때에 맞춰 아름다운 피아노 선율이 이어진다. 차에서 내리니 어느덧 더워진 아스팔트 온도가 아찔하다. 성당 외벽 앞에는 임시 포토 존이 마련되었다. 연예인들이 타고 온 리무진이 줄지어 서 있고, 포토 존을 주변으로 기자들이 넘친다. 하객으로 온 연예인들을 포착하며 카메라 플래시를 터트리느라 바쁜 것이다. 비밀리에 진행한다는 결혼식은 예상하던 대로 세상이 모두 아는 비밀이다. 연예인들의 비밀만큼이나 비밀 아닌 것이 있을까. 오늘은 사라의 결혼식이다.

데뷔한 지 20년이 훌쩍 넘은 배우 사라는 할리우드로 건너간 후 바닥에서부터 다시 시작하는 갖은 고생 끝에 미국 드라마에 출연, 글로벌한 명성을 얻었다. 그런 그녀가 고국에 컴백을 해서 세간의 이목을 끌더니 결혼 발표까지! 화제의 결혼식을 연예전문지나 방송사들이 그냥 지나칠 리 없다.

고풍스런 성처럼 보이는 성당의 모습은 이국적이다. 입구에서 식 진행 매니저가 하객들에게 코르사주를 달아주고 있다.

"싱글이세요?"

멈칫했다. 싱글은 보라색 리본이 달린 장미를 달아주고, 기혼자는 하늘색 리본이 달린 카네이션을 달아주고 있었다.

'뭐라고 해야 하지?'

이런 경험이 몇 번 있다. 갓 파혼을 하고 건강검진을 받는데, 결혼 유무란 앞에서 나는 잠시 망설였다. 병원에서 결혼 유무를 묻는 것은 부부 관계의 여부를 묻는 것이겠지. 그러니 '무'에 동그라미를 치면 되는데 괜히 눈치가 보였다. 또 한 번은 택시를 탔는데 기사가 결혼하셨냐고 물었다. 했다고도, 안 했다고도 하기 애매해 그저 웃고만 말았다. 이제는 잊을 때도 됐는데, 여전히 당당하게 '싱글이에요'라고 말하기가 겸연쩍다.

"장미로 둘 다 주세요!"

입구에서 기다리고 있던 정하가 장미 코르사주 두 송이를 받아 나에게 먼저 달아준다.

"언니 싱글이야. 요즘 세상에 파혼이 대수야?"

머뭇거리던 나를 대신 해서 붉은 장미를 받아준 것은 고마운 일이지만 민망한 건 민망한 거다. 예능 프로그램 피디인 정하는 출연자였던 오늘의 신랑을 축하하러 온 모양이다.

성당 정원 야외 테이블 위에 하객 이름이 지정됐다. 내 이름표와 정하의 이름표가 있는 테이블로 안내를 받았다. 축의금을 더 넣었어야 했나? 테이블 위에 놓인 차림표는 풀코스 정찬에 한 병씩 놓인 샴페인은 무려 돔 페리뇽이다. 신부 대기실로 가보니 신부와 사진을 찍으려고 대기하고 있는 셀럽들로 줄이 이미 길었다.

"김 작가! 어서 와! 고마워!"

두 팔을 벌려 환하게 나를 맞이하는 사라. 웨딩드레스를 입은 그녀는 아름답고, 여전히 카리스마 넘친다.

"축하해요! 너무 아름다워요."
"땡큐! 아리가또 고자이마스!"

얼마만의 해후인가. 웃으며 사진을 찍고, 하객들의 축하 인사를 녹화하는 카메라를 향해 덕담도 보냈다. 사라가 영어와 일어를 섞어 쓰는 건 술 취했을 때 나오는 버릇인데. 술이라도 마셨나? 생각했지만 이내 고개를 끄덕였다. 그래, 정신이 없는 순간이지. 몇 개월 전 신부대기실에 앉아 있던 내 모습이 스치며 고개가 절로 흔들어진다. 물론 나는 결혼식 당일 예비 신랑이 줄행랑을 치는 바람에 식을 올리지도 못하고 파하고 말았지만.

이십 대 후반, 팟 캐스트 프로그램을 할 때 사라를 만났다. 나는 프로그램의 작가였고, 사라는 고정 게스트였다. 우리는 녹음을 끝낸 후 점심을 같이 먹고, 주중 이틀 정도는 언론시사회에서 영화를 같이 봤다. 그러니 어제 무엇을 먹었고, 어떤 일이 있었는지 자연스럽게 서로의 일상이 공유됐다. 급속도로 친해졌다. 서로의 남자친구와 조인해서 술을 마실 때도 있었고, 술자리가 길어질 때면 종종 그녀의 집에서 잠들기도 했다. 3년 가까이 함께하고 나니 주변에서는 우리를 한 세트로 생각하며 방송 콤비로 대했다. 그 일이 있기 전까지.

"나를 꼭 껴안고 매혹의 말을 들려주세요.
이것이야말로 장밋빛 인생입니다.
당신이 입 맞출 때 최고로 행복해요.
그리고 나는 눈을 감고 장밋빛 인생을 보는 것입니다.
당신이 나를 가슴에 안을 때, 나는 별천지에 있는 것입니다."
-에디트 피아프의 '장밋빛 인생' 가사 중 -

후배 가수 지니가 '장밋빛 인생'을 축가로 부른다. 사라와 프로그램을 하던 나날들이 떠올랐다. 영화를 소개하고 OST를 들려주던 사라는 유독 예술가가 주인공인 영화에 열광했다. 용산에 있는 한 극장에서 <라 비 앙 로즈> 시사가 있던 날이었다. 영화의 엔딩 장면이 아직도 눈에 선하다. 붉은 조명 아래 홀로 서 있던 키 작은 여인. 프랑스의 대표적인 샹송 가수 에디트 피아프의 일대기가 막을 내릴 때 사라는 눈물을 흘렸다. 피아프는 47세의 나이에 알코올 중독으로 사망한다. 불행한 죽음을 맞았지만 피아프의 인생은 '라 비 앙 로즈(장밋빛 인생)' 노래 하나로 낭만적으로 회자된다. 에디트 피아프는 어린 시절 부모님에게 버림받았고, 어른이 되어서는 사랑하는 이들과 연이 지속되지 못했다. 언제나 사랑을 원했지만 사랑은 늘 그녀를 외면했다. 나는 그런 여인의 일대기를 보면서 눈물을 흘리는 사라의 손을 살짝 잡고 다독였다. 영화가 끝나고 우리는 이태원 소방서 뒤의 칵테일 바로 갔다. 에디트 피아프를 완벽하게 재연한 마리옹 꼬띠아르에 대해 신나게 떠들던 사라는 바 직원에게 무대를 마련해달라고 부탁했다. 배우였지만 노래도 가수 뺨치게 부르는 사라는 재능이 많았다. 곧 특유의 음색으로 울려 퍼지는 '사랑의 찬가'와 '장밋빛 인생'이 홀 전체를 압도했다. 음악만큼 시공을 초월하는 예술이 있을까? 그녀가 부른 샹송 위로 에디트 피아프의 인생이 한 컷 한 컷 지나갔다. 연인이었던 권투 선수 마르셀은 피아프를 만나러 오다가 비행기 사고로 죽었고, 그녀는 그 후 '사랑의 찬가'를 만들어 불렀다. 가수

이브 몽땅과 애정이 시작되었을 때는 '장밋빛 인생'을. 그러나 그는 유명해지고 나서 피아프와 멀어졌다.

"이별은 했지만 이브 몽땅이 스타가 된 건 그녀에게 자양분이 되었을 거야."

사라가 말했다.

"슬픔만 한 거름이 어디 있느냐... 이 말이죠?"
"역시! 그렇지."

내 말에 자주 '역시'라고 추어주던 사라의 리액션은 흐뭇했지만 상처가 자양분이 된다는 말은 때론 창작하는 사람에게 폭력이기도 하다.

옛 애인 정 피디와 헤어질 때, 나는 프로그램을 접어야 했다. 그는 PD이자 진행자였고, 프로그램 소유욕이 엄청났기에 내가 떠나는 걸 요구했다. 하지만 나 또한 아끼던 프로그램이었기에 여간 아쉬운 것이 아니었다. 일을 잃는 것에 미련을 갖고 아파하던 내게 정 피디가 한 말은 아직도 신물이 올라온다.

"당신은 작가니까 이 모든 경험이 다 도움이 될 거야."

방송작가라고 뭐 대단한 경험이 필요할까 싶지만, 사람들은 그런 말을 참 쉽게 했다. 언니가 수술을 받는 병실을 지킬 때도, 아버지가 아프셨을 때도 친지들조차 '넌 작가니까 이 경험이 도움이 될 거야'라며 아픈 경험을 감내하는 것이 마치 축복인 듯 말도 안 되는 위로를 했다. 작가라서 상처를 다 이해해줄 거라 믿으며 치부를 말하는 사람도 많았다. 그러다가 그 치부가 어디선가 소문으로 돌기라도 하면 제일 먼저 의심을 받기도 했다.

"에디트 피아프는 행복했을까, 불행했을까?"

사라는 뜬금없이 답 없는 질문을 했다.

"불우할 수는 있지만 불행하지는 않은 것 아닐까요? 적어도 마음을 다해 사랑한 거니까요."

그때 내가 내린 답이다. 행복과 불행은 외형적으로 판단할 수 없는 자신의 마음 상태가 아닐까?

"난 김 작가 그런 점이 너무 마음에 들어. 엄청 대책 없이 낭만적이고 긍정적인 거."

"칭찬이에요? 욕이에요?"

"받아들이는 사람 마음이 정답이지. 내가 권하는 칵테일 한 잔 마셔봐."

그녀는 바텐더를 불렀다.

"여기 '잭 로즈' 되죠?"

그때, 나는 '잭 로즈'라는 이름의 칵테일을 처음 알게 되었다. 붉은빛이 영롱하고 맑은 칵테일. 유혹적인 빛깔이지만 치명적인 알코올 도수를 자랑하는 마력의 칵테일.

그녀가 내게 처음 경험시켜준 술은 '잭 로즈'만이 아니었다. 워크숍 겸 강릉으로 여행을 갔을 때, 호텔 바에서 우리는 모히토를 원 없이 마셨다. 그때도 나는 모히토가 처음이었다.

"모히토는 민트 잎을 잘 빻아야 맛있어. 민트가 상처를 많이 받을수록 향이 깊어지지."

LA에서 모히토를 알게 되었다는 사라는 신나서 말을 이어갔다. 연애, 일, 여행, 뮤지컬, 영화 이야기를 하면서 새벽까지 무궁무진한 수다를 나눴다. 그녀는 LA에 있었을 때, 중국에 있었을 때, 단역이지만 큰 무대에서 아시아를 대표하는 여배우로 자유롭게 살아가던 날들을 이야기했다.

"내가 안 좋은 일 때문에 한국을 떠났던 것은 신의 한 수였어."

둘 다 이미 취한 상태였다. 그녀도 그런 이야기까지 꺼낼 생각은 아니었겠지.

"그 일... 말하는 거죠?"

내가 그 일에 대해서 아는 척을 하자 사라의 눈빛이 일순간 바뀌었다. 마치 아프리카 초원의 맹수가 상대를 공격하듯, 제압하려는 눈빛으로 돌변했다. 그녀는 모히토 잔을 탁! 치고 내게 레이저 눈빛을 쐈다.

"유!! 셧업!"

그녀는 모히토를 쏟을 기세로 화를 냈다.

"내가 내 주변 친한 사람들 많이 보여줬지? 다 자기보다 나를 더 많이 아는 사람들이야. 그 사람들이 그걸 나한테 아는 척한 사람 한 명이라도 있는지 알아? 그 누구도 나한테 그걸 아는 척 안 해! 그런데 네가 뭐라고 그 일을 다 아는 척해? 니가 뭐라고!"

그녀는 나보다 나이가 많았지만 한 번도 나에게 너라고 한 적이 없다. '김 선생', '김 작가' 이렇게 부르며 늘 존대했다. 그런데 '네가'라니. 갑자기 술이 확 깼다. 아차! 싶었다. 몇 년을 같이 일하고 이만큼 친해졌으면 그런 일은 비밀 없이 아는 척해도 되지 않을까 하는 생각은 내 순진한 착각이었다. 사라는 개념 없이 자신의 치부를 아는 척하는 나를 멀리하기 시작했다.

사라가 말한 '그 일'은 여배우에게 치명적일 수밖에 없는 동영상 스캔들이다. 데뷔 초에 매니저와 동거를 했던 사라는 그 시절의 동영상이 퍼지면서 한국에서 활동을 못하게 되었다. 나는 그 이야기를 정 피디에게 들었다. 같은 연배로 방송을 시작한 사람이어서 상세하게 알고 있었던 것이다. 정말 아는 사람만 아는 옛날 일이었는데... 그날 이후로 그녀와 나는 서먹해졌고 마침 정 피디와도 헤어진 나는 결국 프로그램을 떠나야 했다. 친해서 깊어진 관계는 멀어지면 끊어야 하는 관계가 됐다. 그리고 그녀와 오랜만의 해후는 지금 여기 그녀의 결혼식장이 되었다. 세상에는 알아도 모른 척해야 하는 일이 많다는 걸 그때 아프게 깨달았다. 그리고 검색어로 오르락내리락, 대중의 꼭두각시처럼 거론되는 연예인과 친분이 쌓인다는 것은 더더욱 지켜줘야 할 비밀이 많다는 것도.

여러 후배들의 축하 쇼가 끝나고 신랑이 서약의 편지를 읽는 순간이다. 한 마디 한 마디 진심 담긴 편지를 읽어가는 오늘의 신랑은 사라의 후배 연기자였다. 사라의 눈에 눈물이 고인다.

"능력 짱이지? 열두 살 연하인데 심지어 훈남이야!"
"그래도 결혼은 안 부러워."
"언니, 시니컬해졌어."
"그런가?"
"내년에 다시 얘기해. 아마 사랑이 뭘까? 결혼을 다시 할 수 있을까? 이러면서 남자 고민할걸?"

나는 정하의 말이 틀린 말은 아닐 것 같아 웃는다. 웃으며 주위를 살피다가 문득 옆 테이블에서 나를 보는 시선을 느꼈다. 돌아보다가 멈칫했다. 나도 모르게 못 본 척 고개를 휙 돌렸다. 그였다. 금테 안경과 마른 체형, 흰 셔츠를 유독 즐겨 입던 스타일. 변한 게 하나도 없는 사람. 지금도 그때 좋아하던 톰 브라운 셔츠를 입은 남자. 옛 애인 정 피디다. 이젠

그와 사귀었던 시간이 전생처럼 아득하다.

그는 나와 연인이 된 지 몇 개월도 안 돼서 결혼을 종용했다. 나는 한참 커리어가 중요하던 이십 대였고, 그는 안정을 원하는 삼십 대였다. 내가 쓰는 화장품 스킨로션 세트를 사주면서 그가 물었다.

"이렇게 한 세트 사면 얼마나 써?"
"8개월 정도?"
"그럼 한 다섯 번만 더 사주면 우리 결혼하는 거네?"

1년이 지나고 그는 내년에 결혼을 하자 했다. 하지만 20대의 나는 하고 싶은 게 결혼 말고도 너무 많았다. 3년은 연애를 하고 생각해보자는 제안을 했고, 정 피디는 오매불망 계속 물었다.

"정말 3년 지나면 나랑 결혼할 거야?"

나는 기분이 좋은 날은 '그렇다'고 하고, 뭔가 토라진 날은 '몰라'라고 답을 했다. 그러더니 몇 개월을 못 참고 그는 당장 결혼하자고 나왔다. 3년을 믿고 기다려주지 않으면 그게 무슨 사랑이지? 아마 그때의 그는 '나와의 결혼'이 아니라 '누군가와의 결혼'이 하고 싶었나 보다. 나의 결혼도 그것과 다르지 않았다. '더 늦기 전에 결혼을 해볼까' 싶을 때 선을 본 누군가와 결혼을 진행한 것이 이렇게 큰 시행착오를 불러온 것이다. 선을 봐서 6개월 만에 날짜를 잡고, 결혼식 날 신랑이 나타나지 않는 사건을 치르면서 깨달은 것은 사랑은 인위적으로 생겨나는 게 아니라는 것이다. 불행하지는 않다고 생각하기로 한다. 하지만 안 해도 될 일로 큰 상처를 만들었다.

정 피디는 사귀는 동안 나와 연애하는 시간이 '화양연화'라며 행복해하더니 똑같은 말로 다른 여인에게 구애하고 나와 헤어진 지 반년도 안 돼서 결혼식을 올렸다. 그 결혼을 앞두고 그가 한 말 또한 '나이가 좀 있어서 결혼 타이밍이 맞았어.'였다. 그 시절 나와 사귀다가 헤어진 후 결혼한 구남친이 몇 명 더 늘어나자 한동안 '나랑 사귀다가 헤어지면 그다음 연애에서 꼭 결혼하더라. 애도 잘 낳고'라고 애인에게 말하곤 했다. 정말 그랬다. 지금 생각하면 결혼이 뭐 대수인가 싶지만.

정 피디를 보고나자 입이 바짝 말랐다. 테이블 위에 놓인 샴페인을 벌컥 마신다. 취하고 싶다. 돔 페리뇽은 빛깔도 고운데 맛은 더 뛰어나다. 미각이 뛰어난 시각장애인 수도사가 만들었다는 샴페인. 인생은 쓴데 샴페인은 달았다.

사라가 게이 같다고 했던 목소리. 외로워지는 밤이면 그 시절 나만 바라보고 나를 위해 뭐든 해줬던 저 남자를 그리워하곤 했지. 때론 이 사람과 헤어지고 나서 다른 연애에 실패할 때마다 그가 내게 준 사랑이 너무 커서가 아닐까? 스스로 반문하고는 했다. 그런데 그건 그냥 추억에 대한 망상이 만들어낸 내 환상이었다.

오랜만에 불쑥 만나도 늘 반가운 사람이 되기는 쉽지 않다. 친했다가 서먹해졌을 때, 다시 반가워할 수 있는 것은 서로에게 상처가 없는 관계여야 하고, 요즘의 근황이 전하기 편안한 상태여야 한다. 그리고 계속 친분을 유지할 일말의 공통분모가 있어야 공백의 서먹함이 무색해진다. 옛 애인이라는 사람은 사랑했다 헤어졌다는 이유만으로 분명 서로에게 상처인 존재. 당연히 마음은 불편하다.

"사라랑 계속 연락하고 지냈구나? 잘 지내지?"
"많이 안 변했네요?"
"난 늙었지 뭐."

하지만 그는 늙지도 않았다. 나만 나이 들고 살쪘다.
형식적인 인사를 하고 자리로 가서 앉는 사람. 아. 저 사람과 내가 사귄 시절이 언제였지? 마르셀 프루스트는 <잃어버린 시간을 찾아서>라는 소설에서 이런 글을 남겼다.

'지나가 버린 우리들의 과거를 되살리려는 노력은 헛수고이다. 우리가 아무리 의식적으로 노력을 해도 되살릴 수 없기 때문이다. 과거는 우리의 의식이 닿지 않는 아주 먼 곳, 우리가 전혀 의심해 볼 수도 없는 물질적 대상 안에 숨어 있다. 그리고 우리가 죽기 전에 이 대상을 만날 수 있을지 없을지는 순전히 우연에 달려 있다.'

그 시간은 가물가물한데 그 추억의 감각은 또렷하다. 샴페인 때문인가? 그런 생각을 하던 찰나 또 하나 심장 떨어질 목소리가 들린다.

"펭귄!"

펭귄? 이건...... 뒤를 돌아보니 '보노'였다. 나의 또 다른 옛 애인. 정 피디 다음 남자.

"어... 보노야!"

나도 모르게 악수를 청하는 보노에게 손을 내밀었다. 사라 팬클럽에서 만났던 녀석이다. 그때도 맥주 살로 조금 돋보였던 내 똥배(지금에 비하면

애교 수준이었지만)가 귀엽다며 그가 붙여준 별명이 '펭귄'이다. 의대생 음악밴드 동아리 회장을 하다가 인턴 시절 나와 연애를 했던 녀석. 오 프인 날에만 만나 주로 영화 보기, 방에서 뒹굴기 등 게으른 취미를 공 유해서 그에게 붙여준 별명이 '보노보노'의 '보노'였다. 그는 U2의 리드 보 컬 'Bono'로 알 수도 있다며 그 별명을 꽤 좋아했다. 우리는 그렇게 서로를 '펭귄', '보노'와 같은 동물 호칭으로 부르며 낄낄대는 연애를 했다.

그래, 그런 시절도 있었지. 세 살 연하에다가 얼굴도 동안으로 생긴 이 친구와 연애할 때, 나는 되도록 어려 보이기 위해서 애를 썼다. 그때가 언제인가. 이십 대 후반에서 서른이 되었을 때, 지금 생각하면 무진장 아 기였는데 기를 쓰고 어려 보이고 싶었지. 이 어린 애인 때문에. 결국 이 녀석이 간호사와 눈이 맞은 걸 알아내서 아작이 난 그 연애. 같이 꾸며 가던 블로그에 마지막 편지를 남기고 울면서 통화를 하고 도망갔던 개 자식인데 나는 왜 반갑게 인사를 했을까? 다시 만나면 무릎 꿇고 사과 를 하게 만들 거라 생각했던 녀석이었는데 나는 생각도 없이 반가워한 거다.

"펭귄. 나... 요즘 홍대 쪽에 있어. 한 번 놀러와."
"어? 너 그런데 나한테 사과 좀 하지?"
"미안해. 용서해줘..오...오..잉"

저 표정. 왜 그대로인가? 나를 너무 그리워했다는 듯이 바라보는 저 눈빛과 눈웃음. 뭐든 애교로 무마하려 할 때 나오던 저 혀 짧은 말투. 그냥 피식 웃고 말았지만 씁쓸했다. 우리들이 사랑했던 그 시간은 어디로 갔을까? 도대체 시간은 무엇을 내게서 뺏어간 것이지? 그 사랑의 시간에서 나는 얼마나 멀어진 거지? 그런 생각 끝에 더 나이 들고 살찐 내 모습이 문득 서글프고 초라해졌다. 더 이상 옛 애인들을 마주치고 싶지 않다. 연예인들의 축가와 화려한 이벤트 등 아무리 볼거리 많은 웨딩이라도 빨리 빠져나가고 싶다.

"포토타임입니다. 신랑 신부 지인들 앞으로 나와 주십시오!"

사회자가 포토타임을 안내한다.

"언니. 사진 찍을 거야?"

정하도 사진은 찍기 싫은지 내게 물었다. 워낙 많은 연예인들이 참석해서 우리까지 낄 필요가 있을까 싶었다. 돌아서 포토타임을 외면하려는데 사라의 목소리가 들린다.

"김 작가!! 정하 피디!! 어서 와~"

그녀를 바라봤다. 문득 이 시간은 또 어디로 사라질까 싶은 생각이 들었다. 사진이라도 남겨야 하나. 그렇게 성큼성큼 사라의 뒤로 가서 줄을 선다. 돌아보니 뒷줄에 정 피디도, 보노도 있다. 하객으로 선 그들은 이제 내가 아는 사람들이 아니다. 그냥 사라의 지인이다.

포토타임이 끝나고 실내악단이 등장한다. 피아졸라의 '리베르 탱고'가 연주된다. 연초록빛 가든에 노을빛 하늘이 드리워진다. 살랑살랑 꽃향기가 실린 늦봄 바람이 불어온다. 아름다운 계절이고 아름다운 사람들이 모였다. 외곽 성당에서 스몰 웨딩을 한다 했지만 유럽의 성찬에 초대된 분위기다.

"자, 이제 예식이 끝났으니 파티 타임입니다. 모두 피로연을 즐기죠?"

하객들이 앉아 있을 때는 잘 모르다가 일어서니 연예인과 일반 하객이 확연히 구분되었다. 연예인들은 모두 파티에 어울리는 드레스를 입고 왔다. 아마 이 가든파티 때문일 거다. 탱고 음악이 시작되고 샴페인이 터지자 몇몇은 춤을 추기 시작했다.

"밖에 나가서 샴페인 좀 마실까?"

오랜만에 후배들을 봐서 기분이 좋은 원로 배우 한 분이 사람들을 이끌었다. 나는 몇 개월 동안 친한 친구 외에는 사람들을 보지 않았다. 파혼한 후 사람들 보는 게 스트레스였다. 멀리 박 감독이 손을 흔들며 아는 척을 한다. 뮤직 드라마 감독 박찬진은 나에게 오는 길에 몇 번이나 신인 배우들의 인사를 받는다.

"김 작가, 결혼식 못 가서 미안해. 신혼 재미 어때?"
"아... 별로예요."

거짓말을 하면 가슴이 쿵쾅대는 나는 결혼이 파투났다는 진실을 말하고 싶었지만, 꼭 그럴 필요는 없었다. 상대의 진실을 찾아 헤매고 나의 잘못된 선택을 후회하면서 매일 맥주로 마음을 달랬더니 몇 개월 사이에 몸이 확 불어났다.

"김 작가? 혹시 벌써?"

박 감독은 내 배로 눈길을 꽂는다. 정하가 다시 잽싸게 거들었다.

"언니가 워낙 트렌드를 잘 따라가잖아요."
"뭐? 혼수였나?"

박 감독은 무슨 말인지 몰라 어리둥절 정하를 봤다.

"언니 결혼 꽝 났어요. 우훗~"

정하는 아무렇지 않게 넘기라는 듯 내 결혼 파탄 소식을 알렸다. 나는 멋쩍었지만 어깨를 으쓱하며 별일 아니란 표정을 지었다. 혹시 이 말을 보나나 정 피디가 들었을까 슬쩍 곁눈질을 하긴 했지만. 다행히 그들은 근처에 없었다. 그때 사라가 이런 기분이었을까. 쿨한 척 또는 태연한 척 하지만 사실은 타인이 굳이 알려고 하지 말았으면 하는 일이 있다. 결혼을 했는지 안 했는지, 결혼 생활이 행복한지 불행한지, 상처는 아물었는지 여전한지, 그따위 질문 말이다. 한국 사람들은 남의 사생활을 너무 깊이 알려고 든다. 나에게는 잘못된 결혼을 진행하려 했던 그 시간이 힘들고 뼈아프고 억울한 시간이었다. 그런 치부를 고스란히 드러내고 농담하기에는 아직 상처가 아물지도, 그 이별이 준 깨달음을 다 소화하지도 못한 상태다. 이제껏 연애에 대해, 사랑에 대해, 결혼에 대해 아는 척했던 나 자신이 너무 민망했다. 빨리 술이나 마시고 취해서 자고 싶었다. 성당을 나와서 정하와 같이 이동했다. 이렇게 기분이 씁쓸하고 피곤한 날은 분위기 좋은 곳을 가든지 편한 사람과 술을 마시는 게 상책이다. 물론 둘 다면 더 금상첨화고.

홍대에 있는 칵테일 바 <Side Note Club>은 서울의 멋진 야경을 한눈에 볼 수 있다. 멀리 남산타워와 여의도 63빌딩이 한눈에 들어오는 루프탑. 옥상에서 하늘만 보고 있으면 해외에 온 기분이 나기도 한다. 뻥 뚫린 하늘을 보면 이 답답함이 해소될까? 그곳에 나의 동지들이 모여 있다고 한다.

내가 너무 늦게 왔는지 현경 언니는 조금 취한 모습으로 나를 반갑게 안는다.

"보고 싶었어! 사라 씨 결혼식은 좋았어?"
"언니 말도 마요. 나 옛날 애인 두 명이나 봤잖아?"
"뭐??"
"정 피디도 왔고, 보노는 누구야? 언니?"

정하가 설명을 하다가 묻는다.

"있어. 1년 사귀다 깊어지니 나한테 거짓말하고 도망친 놈."
"그 의사? 레지던트 들어가야 한다고 바쁘다고 했던? 알고 보니 레지던트는 들어가지도 못하고 개업했던 그놈?"
"응. 맞아요. 언니."

취한 와중에도 현경 언니는 몇 년 전 내가 스치면서 이야기했던 보노 이야기를 기억하고 있다.

"어머. 대박. 개업한 걸 속였다고? 언니한테 다 말하기 싫었나 보다."

눈치 빠른 화선이 끼어들었다.

"레지던트에서 떨어졌으니까!"

현경 언니가 나 대신 팩트 폭격을 날렸다.

"그러니까. 거짓 연애라고 생각해."

나는 정말 보노와의 연애가 거짓이라고 생각하나? 그냥 그렇게 생각하는 게 편한 걸까?

"그건 아닐 거야."

매사에 옛날의 나만큼이나 긍정적인 해석을 내놓는 정하가 거든다.

"언니. 잊어. 잊어. 새로운 사람 만나야지."

술기 오른 희전이 눈웃음을 치며 말한다.

'너같이 예쁜 애들은 잘 모르는 고통이 있단다. 얘야.'
사람과 사람 사이에 '술'이 있으면 관계는 급속도로 친밀해진다. 칵테일은 술과 음료를 섞고, 사람과 사람을 섞고, 추억과 사랑을 섞는다. 최상의 궁합으로 섞인 술과 리큐르와 얼음의 차가운 온도, 칵테일에 딱 맞는 가니쉬는 그 시간을 아름답게 만든다. 하지만 물과 기름처럼 전혀 섞이지 못하는 사람도 있다. 거기에서 인연과 악연, 필연과 스치는 인연이 나뉜다. 요즘 말로는 '케미'라고들 하지. 케미는 믿음을 기본으로 상승한다. 이렇게 여자들끼리 친하게 지내는 게 더 편한 것도 무슨 말을 해도 우리끼리는 잘 통해서일 것이다. 그리고 남자들에 거는 믿음과는 다른 믿음이 쌓여서이기도 했다. 화성과 금성처럼 여자와는 다른 별에서 온 남자들이 절대 이해할 수 없는 여자들만의 델리케이트한 대화들. 그 대화 사이로 머릿속에 '#잭로즈_비터스윗 칵테일'이 떠오른다.

"잭 로즈 되나요?"

나는 <Side Note Club>의 바텐더 맥스에게 '잭 로즈'를 주문한다.

"그럼요. 그 술 아시는군요?"

"달콤한데 쓴 술이잖아요. 예쁜데 치명적이죠. 가시 많은 장미 같은."

음악이 Verve의 bitter sweet symphony로 흘러서였을까. 사라를 오랜만에 보고 와서일까. 아니면 추억 가득한 옛 애인 둘을 보고 와서 그럴까. 오늘은 '잭 로즈'가 마시고 싶다.

"탁월한 선택이에요. 꽃 한 송이가 물든 것같이 아름다운 술이지요."

"맞아요!"

"최고급 애플 브랜디, 칼바도스로 만들죠."

바텐더들은 칵테일에 대해 풍부한 해석을 해줘서 좋다. 설명을 해주던 맥스가 바로 내려가자 여자들의 대화는 다시 이어졌다. 때론 코믹해서 웃고, 때론 같이 분개하고, 때론 같이 눈물을 닦아내는 그런 공감의 대화들. 칵테일 사진을 찍으면서 나는 그 대화들을 듣고 있었다.

'잭 로즈'가 내 앞에 도착했다.

"프랑스 빼이도쥬 지방은 온화한 기후와 진흙 토양을 자랑하고 있어요. 거기 사과나무는 이상적인 환경에서 자라 향이 참 좋습니다. 그 사과를 자연 발효한 시드르 덕에 잭 로즈의 달콤한 맛이 보장됩니다.”

맥스가 아니었다. 그러나 내가 아는 목소리였다. 내가 그를 보자 그도 놀라고 만다. 보노였다.

“야! 보노?!”

그도 눈을 동그랗게 떴다. 옆에 있던 정하가 일행들에게 입모양으로 ‘그 의사... 보노’라고 눈짓을 줬다.

“펭귄... 여기 자주 와? 나 얼마 전부터 여기 바텐더로 일했는데?”
“정말?”

친구들은 보노를 합석시켰다. 보노와 우리 일행은 한바탕 왁자지껄한 술판을 벌였고, 나는 누가 어떻게 실어줬는지 모르게 보노의 집으로 와 있었다. 필름이 잠시 끊긴 것이다. 마치 타임머신을 타고 그 아이와 연애를 할 때로 돌아간 것 같았다. 눈을 떠보니 그가 옆에 있었다. 보노의 집 거실 CD 진열장이 보였다. 턴테이블에는 유재하의 LP판이 걸려 있다.

“유재하네?”

나에게 유재하의 음반은 섹스 BGM이라고 할 수 있다. 내가 가지고 있는 유재하 음반은 정 피디와 연애할 때 그가 내 방에 놓고 간 음반이다. 제일 아끼는 음반 중에 하나다. 나는 그와 헤어지고 난 뒤에 다른 남자와 연애를 할 때도 종종 이 음반을 틀어놓고 사랑을 나눴다. 보노와도 꽤 들었다. 내가 사랑의 배경음악으로 유재하 노래를 좋아하는 것은 20대의 나를 다시 만나고 싶어서일지도 몰랐다. 나에게 유재하의 목소리는 어린 시절, 가장 즐겁게 사랑했던 그 시절로 돌아가는 타임머신이다. 이미 이 세상에 없지만 젊은 청년이 남긴 목소리는 박제하고 싶은 열정의 시간에 어울리는 BGM이다. 그리고 영원하지 않은 세상 모든 것에 대한 저항을 담기도 했다.

붙잡지 못한 시간은 언제나 아련하다. 유재하의 유고 음반 <사랑하기 때문에> 1번 트랙 '우리들의 사랑' 첫 도입부 전주 드럼이 쿵쾅하고 시작되자, 가슴 한쪽이 묘하게 열리면서 아팠다. 보노는 LP로 유재하 음악을 틀고 주방으로 가면서 내게 물었다.

"맥주 콜??"
"콜!"

보노는 맥주를 꺼내놓고 음악을 바꿨다. 모던 락이다. 이제 보노가 좋아했던 그 시절의 음악 'Third Eye Blind'의 'Deep Inside Of You'가 흘러나온다. 그 음악이 흐르자, 보노의 차를 타고 헤이리와 양평으로 드라이브를 하던 우리들의 어린 시절이 그대로 살아난다. 괜히 울컥한다. 그와 헤어진 후 모던 락을 들으면 마음이 조금 아려왔는데 오늘은 콕콕 찌르고 있다.

"너... 의사 그만뒀어?"
"계속 병원 일 안 맞았잖아."

'레지던트 시험에 떨어졌던걸?' 속으로 생각하면서 말하지는 않았다.

"그만두고 좀 놀다가 바텐더가 됐지."

책장에는 아직도 의학 원서들이 빼곡했다. 문득 연애할 때 그가 묻던 말이 떠올랐다.

"펭귄은 내가 의사가 아니라도 좋아했을까?"

인턴 생활을 힘겨워하던 그에게 나는 농담처럼 답했다. 보노가 의사라서 좋다고, 그러니 병원은 그만두지 말라고. 그런데 바텐더가 될 줄이야.

"샤워할래? 욕조에 뜨거운 물 받아줄까?"

그는 내 뺨에 입맞춤했다. 마치 십 년 전처럼. 그러더니 나를 와락 안고 키스를 한다. 등 뒤로 손을 뻗어 원피스 후크를 푸는 손길. 기타 선율에 맞춰 내 팔과 등에 손을 간질거리며 연주 애무를 해주던 습관을 그대로 다시 한다. 눈을 지그시 감는데 괜히 알 수 없는 눈물이 났다. 그렇게 욕하던 이 철없는 아이랑 도대체 내가 왜 이러고 있는 거지? 우리의 사랑은 사랑이 아니라 사랑인 척했던 연기였다고 단정 지었던 나였다. 그러면서도 간혹 소식이 궁금했던 그였다.

십 년의 세월 동안 나는 변했다. 사랑이 없는 섹스는 허망하고, 사랑이 불타는 섹스는 두려웠다. 나의 비겁함은 여전하다. 사랑하면서도 사랑하던 사람을 떠나고, 사람을 떠나고서도 사랑은 놓지 못하는 내 고질적인 병. 나도 어쩌지 못했던 그 고질병을 떠올리자 두려움이 엄습했다. 아주 오랜만의 만남이었지만 지난주에 만났던 연인처럼 보노는 등을 다독이면서 꼭 안았다.

"욕조에 같이 갈까?"

그러자 두려웠다. 예식장에서 사라진 예비 신랑. 재미교포이고 부동산 투자자라는 사실만 알았지 주변 친구 하나 구경 못하고 부모님은 미국에 있다던 그 남자. 결혼식에 나타나지 않아 내 인생을 다 망쳐버린 그 남자와의 악몽이 엄습했다. 그 이후로 내 마음은 철창처럼 닫혀 있었나 보다. 열릴 듯 말 듯 잘 열리지 않는 내 마음. 사람을 너무 쉽게 믿었던 것이 잘못이라면 잘못이었을까? 너무 큰 값을 치르게 한 파혼. 그사이 이렇게 큰 두려움이 생겼을 줄은 나 자신도 몰랐다. 서서히 철창이 열리는 걸까. 시간이 약이라 이제 좀 나아진 걸까? 우리는 10년 전 그 시절처럼 서로를 탐닉했다. 남녀가 서로 몸을 섞는 것은 발효되는 와인의 물과 포도와 같은 것. 다시 만난 그와 나는 숙성되는 포도주처럼 엉켜들었다.

그렇게 유난히 길었던 토요일은 일요일 새벽으로 가고 있다. 누군가는 백년가약을 맺으며 새로운 출발을 했고, 누군가는 친구들과 한 주간의 스트레스를 풀며 칵테일 한 잔과 대화를 나눴고, 누군가는 10년 전 애인과 10년 만에 다시 침대에 누워 있는 그런 토요일이 갔다. 일요일 아침이 되자 보노의 핸드폰이 울린다.

"어, 엄마. 오늘도 병원 나가봐야 해. 이번 일요일 당직이야."

같이 눈을 떴다가 너무 자연스럽게 거짓말을 하는 그를 쳐다봤다.

"아, 엄마는 아직 모르시거든. 내가 바텐더 일하는지……."

속으로 '이 거짓말쟁이! 이러니 내가 믿을 수가 없었지. 제 엄마한테도 거짓말하는 나쁜 놈' 이런 생각이 들었지만 이내 표정을 감춘다. 비밀로 하고 싶겠지.

"그래? 알면 걱정하시겠지."
"응. 좀 더 자리 잡으면 말씀드리려고."
"바텐더 일 좋아?"
"그럼. 칵테일 만드는 것도 글 쓰는 거랑 비슷해. 무궁무진해."

나는 이제 타인의 비밀이나 진실을 굳이 캐묻고 아는 척하지 않는 나이가 되었다. 친해진다는 게 그 사람을 많이 아는 거라고 생각하던 시절도 있었지만 이제는 아니다. 상대를 모두 다 알지 않아도 나눌 수 있는 특별한 소통이 있다는 것 하나만으로 친밀도는 다른 빛깔을 가진다는 걸 안다.

그와 헤어졌을 때 최승자의 '삼십 세'라는 시를 읊조렸지. '이렇게 살 수도 없고 이렇게 죽을 수도 없을 때 서른은 온다.'고 했던가. 그 시절은 왜 그렇게 진실을 알고 싶어 안달이었을까. 내가 생각했던 진실과 상대방의 진심이 다르면 상처받고. 내가 모르는 비밀은 모두 거짓말 같던 시절. 비밀이 있다는 것은 인생에 떳떳하지 못하다고 생각했던 순진한 시절.

이제 마흔을 앞둔 나는 고정희 시인의 '사십 대'라는 시를 떠올린다.

사십 대 문턱에 들어서면
바라볼 시간이 많지 않다는 것을 안다
기다릴 인연이 많지 않다는 것도 안다
……
죽정이든 알곡이든
제 몸에서 스스로 추수하는 사십 대
사십 대 들녘에 들어서면
땅바닥에 침을 퉤, 뱉아도
그것이 외로움이라는 것을 안다
다시는 매달리지 않는 날이 와도
그것이 슬픔이라는 것을 안다
-고정희 '사십 대' 중에서 -

"그런데 펭귄은 결혼 안 했어? 우리 헤어지고 바로 결혼할 줄 알았어."
"어? 음... 비밀!"

그는 비밀이란 말에 더 궁금해하지 않고, 주방에서 토마토 주스를 따랐다. 말하지 않으면 있던 일이 없던 일이 될까? 있던 일이 어떻게 없던 일이 되겠나? 하지만 굳이 스쳐 지나면 잊힐 사실을 말할 필요는 없다. 내 인생의 시간 중에 설명할 필요가 없는 시간은 비밀에 부치는 시절.

마흔은 그렇게 시작된다.

김현영

중앙대학교 문예창작학과를 졸업한 방송작가.
수많은 방송 프로그램을 집필했으며 출판사와
드라마 제작사 기획팀장 등을 거쳐 현재 드라
마와 게임 시나리오를 집필 중이다.
저서로는 에세이 『다시 일어서는 당신에게 힘
이 되는 말』이 있다.

새로운 시작을 위해!

일요일에는 그녀와 함께 모히토를!

이화선/이지안

내 모든 것을 다 주어도 아깝지 않은 사람.

차라리 다 주지 못해 안타까운 사람.

바라만 봐도 맘이 저릿한 사람.

나의 베프.

나의 사랑.

나의 분신.

애석하게도 '그'가 아니라 '그녀'다. 나의 유일한 자매 지안.

우리는 어릴 적부터 남다르게 우애가 좋았다. 똑같은 옷을 입고 '우리는 쌍둥이 자매입니다'라는 로고송을 만들어 불러댔을 정도니 말 다 했지. 지금도 가끔 같은 옷을 사 입는데 남친 하고도 안 해본 커플룩이 웬 말이냐며 서로를 구박한다. 성격도 취향도 전혀 다른 두 사람이지만 날 의지했던 동생과 보호자 의식을 가진 언니로 자매 사이는 늘 끈끈했다.

우리는 하나였다. 서로의 고민과 생각을 무조건적으로 믿어주는 사이. 단 먹을 것 앞에서는 절대 양보 불가였다. 엄마가 똑같이 배분해주는 과자를 앉은 자리에서 순식간에 해치워버리는 나와 달리 동생은 조금씩 아껴먹으며 그 행복을 최대한 길게 느끼려 했다. 그런 동생을 알기에 지안이 방이 비면 몰래 들어가 보물찾기를 했었다. 침대 밑, 책상 속, 베개 뒤. 꼭꼭 숨겨놓은 간식들을 훔쳐 먹고 동생을 울렸다. 가족외식을 할 때도 동생은 늘 마지막까지 숟가락을 놓지 못했다. 음식을 유난히 천천히 먹는 아이라 식구들이 다 먹고 일어나려 하면 '아직! 난 아직이야!' 밥그릇을 부여잡고 외쳤다.

내가 학교를 빨리 들어간 탓에 2학년 터울이 있었지만 실제로는 연년생 자매였다. 일부러도 질문거리를 찾아서 선생님들께 물어보길 좋아하던 나는 반장을 도맡다가 학생회장 선거에도 나갈 만큼 학교생활에 적극적이었다. 교내 아나운서로 나름의 유명세를 타며 선생님들 사이에서도 모르는 사람이 없었지만 동생은 나와 달랐다. 있는 듯 없는 듯 조용히 묻혀 다니며 공부는 왜 해야 하는지 스스로 이유를 찾지 못해 학교생활을 힘들어했다. 교우관계도 나와는 색깔이 달랐다. 나는 아이들과 두루두루 잘 지냈지만 절친은 만들지 못하고 오히려 선생님들과 가까웠는데 동생은 조직원 뺨치는 혈맹 친구들이 있었다. 그러나 동지 같은 친구들이 많아도 지안이에게 학교는 고통의 공간이었다. 학년이 바뀔 때마다 지안이를 괴롭히던 질문들. '이화선 동생이 너구나?' '언니는 공부 잘 하던데... 너는 왜 성적이 이 모양이니?' '이 반에 이화선 동생이 누구니?' 본의 아니게 언니와 비교당하며 스트레스를 받던 지안이는 고등학교가 달라지면서 비로소 나의 그늘을 벗어났다. 언니의 존재를 모르는 학교, 본인에 대한 그 어떤 선입견이나 비교가 없는 학교에 간다는 사실이 너무 행복했었다고 훗날 고백했다. 지안이는 나보다 여리고 섬세하고 따뜻하다. 소소한 행복을 중요시하는 소박한 사람. 내가 거시적인 인간형이라면 동생은 미시적인 인간이랄까.

진로를 찾지 못해 방황하던 지안이는 고3이 되던 해, 파격적인 결정을 했다. 여름방학을 앞두고 가족회의를 요청하더니 '요리'를 하고 싶다고 선언한 것이다. 수능 입시에 올인 해야 하는 때에 요리학원을 보내 달라니. 가족들은 어처구니없는 지안이의 선언에 몇 날 며칠 고민한 끝에 원하는 대로 지원을 해주기로 했다. 엄마는 당신을 정신 나간 학부모 취급하는 담임 선생님에게 "내 딸 인생 내가 책임지겠다!"며 야간자율학습을 빼내어 요리학원에 등록을 시켰다. 생전 공부와 담 쌓고 지내는 것만 같았던 지안이는 그때부터 사람이 달라진 듯 목표와 꿈을 향해 무섭게 질주하기 시작했다. 졸업도 하기 전에 한식, 양식, 일식 조리사 자격증을 전부 따낸 것이다. 요리학교에 진학하고 싶어 학교 공부도 열심이었다. 이렇게 '공부'를 좋아했던 아이였나 싶을 정도로 매일 밤을 새워가며 책을 보았다. 그리고 지방 전문대 조리학과에 들어갔다. 하지만 대학에서의 배움에 실망감을 느끼고 4년제라면 다를까 싶어 편입까지 했다. 하지만 지안이는 그것도 성에 안 찼다. 늘 자기 분야의 배움에 허기를 느꼈다. 대학 생활 내내 장학생으로 공부를 마치고 졸업을 목전에 두던 해, 미국 카지노 호텔 레스토랑에 인턴으로 합격했다고 식구들에게 알렸다. 졸업과 동시에 미국으로 떠났던 지안이는 뉴욕 미슐랭 레스토랑으로 커리어를 넓히더니 세계 3대 요리 학교 CIA(The Culinary Institute of America)에 새롭게 입학해서 그 독한 커리큘럼을 제때 마치고 졸업을 해냈다. 여자 요리사에 대한 선입견과 편견이 좀 덜한 미국에서 실력을 인정받으며 차분히 성장해나가던 동생을 한국으로 소환한 것은 아버지의 부고였다. 아버지를 잃은 가족과 또다시 헤어지기 힘들었던 지안이는 때마침 CIA 출신 초빙교수를 찾는 대학이 있어 한국에 자리를 잡았다. 본인이 한국의 대학 생활에서 고민하고 방황하며 갈증 났던 부분들을 충분히 알기에 학생들과 끈끈한 공감대를 형성할 수 있었다.

엄마와 나는 눈앞에 펼쳐진 광경을 보고도 믿기 힘들 정도였다. 우리 지안이가 책상 가득 두꺼운 책들을, 심지어 영어로 된 원서들을 펼쳐 놓고 공부를 하는 모습이라니! 식구들의 기억 속 동생의 방은 카세트테이프가 널려 있고 친구들과 매일 주고받는 편지, 다이어리, 인형들이 가득한 모습이었다. 아프다는 눈물 연기로 조퇴증을 끊고 나가 친구들과 노래방을 다니기도 하고, 야간자율학습을 땡땡이치고 나이트클럽에서 놀다 엄마한테 딱 걸리기도 했던 내 동생이었다. 덕분에 엄마도 이중 모드의 학부모 생활을 해야만 했다. 나 때문에 반장 어머니로 학교에 갈 때는 프라이드 넘치는 파워맘이었고, 동생 담임의 호출로 불려 나가실 때는 조아린 죄인 모드였다. 지방에서 대학을 다니고 미국 생활을 했던 동생의 이십 대를 옆에서 보지 못한 엄마와 나는 어른이 된 동생, 심지어 공부를 좋아하는 교수 동생이 신기하기만 했다.

반대로 나는 '공부를 왜 해야 하냐구? 학생이니까 당연히 공부를 해야지.'라며 별 갈등 없이 학교 공부에 매진, 대학에서는 경제학을 전공했다. 그러나 막상 대학에 들어간 뒤부터가 방황이었다. 뒤늦게 '내가 이 공부를 왜 하는 거지?' '내가 좋아하는 게 뭐지? 내가 하고 싶은 건 이런 게 아닌 것 같은데...' 이런 고민들로 책을 쳐다보기도 싫었다. 공부 외에 아는 것이 하나도 없는 백치라는 걸 그제야 깨달았다.

철없어 보이던 동생은 철이 꽉 차 돌아왔고, 애늙은이 소리를 들을 만큼 철이 일찍 들었던 나는 성인이 돼서는 혼자 할 줄 아는 것이 없는 아이가 되어 있었다. 이제 우리 집에서 엄마에게 '진짜 철딱서니 없다. 대체 언제 철들래!' 야단맞는 사람은 나다. 그렇게 몰래 클럽에 다니던 동생은 내가 아무리 꼬셔도 재미없다며 꼼짝도 않는다. 영어 표현, 엑셀이나 PPT 같은 서류 작업, 장보기, 요리 등 일상생활과 살림을 늘 동생에게 물어야 하고 맛있는 거 한번 얻어먹으려고 용돈을 흔들며 부탁한다. 이제는 지안이가 언니 같다. 우리 사이는 더욱 돈독해졌다. 나는 '언니와 가장'이라는 타이틀의 무게에서 내려오는 편안함이 있었고, 동생은 걱정과 보살핌만 받던 위치에서 이제 뭔가 자기가 해줄 수 있다는, 뒤바뀐 포지션에 대한 만족감이 있었다.

서른다섯. 꿈 많고 열정 가득하고 순수하고 착한 내 동생 지안이. 한국 생활 5년 차를 맞이하는 그녀는 작년부터 창업이라는 또 새로운 목표를 세우고 계획을 짜기 시작했다. 자료 조사하고 테스트하고 준비하고 다시 백지화하는 작업이 반복되었다. 힘든 일은 많았지만 끊임없는 도전으로 시행착오를 겪어가느라 분주한 나날이었다. 그러나 시간이 지날수록 지안이가 초조해하는 게 눈에 보였다. 먼저 창업을 시도했던 주변의 선후배 동기들의 실패 소식에 시작도 하기 전에 주눅이 들고 불안해했다. 프랜차이즈 창업, 컨설팅, 쿠킹 스튜디오 등 여러 가지 아이디어 중에서 무엇을 실행시켜야 할지 혼란에 빠져 있었다. 좀 더 획기적인 것, 유니크한 나만의 것이 뭐가 있을까? 과연 성공할 수 있을까? 희망보다 두려움이 커져가는 것처럼 보였다. 예전의 내가 그랬던 것처럼 본인이 하고픈 것보다 가족의 기대와 남들의 시선에 신경 쓰기 시작한 탓이었다. 기대수명이 길어진 요즘, 서른다섯은 '옛날 스물다섯'이라고. 그러니 천천히 가도 좋다고 동생을 북돋우며 나 자신도 함께 다독였다.

닭띠인 지안이는 정유년은 자기의 해라며 작년 연말부터 새해맞이 닭띠 캐릭터 제품들을 사 모으고 자매 여행을 예약하는 등 심기일전을 꾀했다. 우리 자매에게 올해는 뭔가 멋진 일이 생길 거라고 기대에 차 있었다. 운명이 어떤 충격을 던져줄지 꿈에도 모른 채.

연말연시에 여느 청춘들처럼 많은 모임을 가졌던 지안이가 허리가 아프다며 한의원을 찾았다. 미국 생활 당시 음주운전 차량과 교통사고가 나서 폐차까지 했던 큰 사고를 겪은 동생이기에 그 후유증으로 가끔 두통과 근육통을 호소했었다. 그 후유증이 또 도졌나 싶었지만 그러려니 했다. 소화가 힘들고 변비가 생겼다고 해도 많은 여자들이 겪는 일이라 대수롭지 않게 여겼다. 어릴 적부터 소화기 계통이 안 좋았던 동생이라 으레 하는 말인 줄 알았다. 그렇게 새해가 되고 설날 연휴가 찾아왔다. 개강을 앞두고 동생 스트레스도 풀어줄 겸 나도 본격적인 새해가 시작되기 전에 바람을 쐬고 싶어 여행지를 찾아보았다. 아버지가 돌아가신 후 우리 세 모녀는 명절에 집에 있고 싶어 하지 않는다. 아버지가 없는 명절이 힘들었기 때문이다.

엄마는 전라도에 가보고 싶다 하셨다. 얼마 전 티브이에서 본 고창 게르마늄 온천과 법성포 굴비가 계속 생각이 난다고. 나는 여기저기 검색을 해서 엄마를 모시고 갈 맛집 리스트를 뽑았다. 지안이는 화장실에 못 간 지 8일째라며 속이 답답해서 잘 못 먹을 것 같다고 걱정을 했다. 하지만 웬걸! 서울을 떠나 처음으로 들른 고속도로 휴게소부터 먹방은 시작되었다. 고창에서 장어를 먹고 온천을 하며 1박을 하고 나니 동생은 배변 활동까지 정상으로 돌아왔다. 영광에서는 법성포굴비정식을 먹고 여수로 넘어가 오동도를 걷고 돌산섬에서 갓김치도 사고 밤바다를 거닐었다. 여수에선 이 노래를 들어야 한다며 우리는 버스커버스커의 '여수 밤바다'를 무한 반복으로 틀어댔다. 여수 밤바다를 몰랐던 엄마마저 나중에는 후렴을 같이 따라 부르실 정도였다. 엄마의 고향인 정읍도 살짝 들르고 광주 송정 시장, 전주의 한옥마을 등 발길 닿는 대로 전라도 이곳저곳을 다녔다. 운전을 좋아해서 카레이싱 선수 생활까지 하고 있는 나는 피곤함도 모른 채 매일같이 이어지는 장거리 운전에 신나 했다. 엄마가 좋아하는 트로트부터 내가 좋아하는 클럽음악까지 장르를 넘나드는 뮤직도 완벽했다. 마지막 밤은 전주 시내의 어느 한 노래방에서 하얗게 불태웠다. 아버지가 살아계실 때, 명절이 되면 온 가족이 동네 노래방을 찾곤 했는데 우리끼리는 처음이었다. 오랜만에 엄마가 마이크를 들고 노래를 하셨다. 먹거리가 풍성한 전라도에서 공감 능력이 남다르고 식탐 많은 3명의 여자들이 모여 있으니 무엇을 하든 즐거운 시간이었다. 가족여행을 자주 하는 편인데 이상하리만큼 이번 여행이 완벽하게 느껴졌다. 나 혼자만의 기분이 아니라 동생과 엄마도 지금까지의 여행 중 가장 좋았다고 했다. 그것은 폭풍전야의 고요함 같은 것이었다.

그렇게 세 여자의 행복했던 전라도 여행을 끝낸 후 엄마를 양평 집에 모셔다드렸다. 지안이와 나는 일상으로의 빠른 복귀를 위해 자매가 함께 사는 서울집으로 곧바로 돌아왔다. 그날 밤, 지안이에게 급작스런 복통과 등 통증이 찾아왔다. 결국 응급실까지 가야 했다. 여행 내내 아무 문제가 없었는데... 그것은 앞으로의 고통을 잘 버텨내라는 신의 선물이었던 것일까. 대학병원으로 검사가 넘어갔다.

어느 날 집에 오니 지안이가 기다렸다는 듯 애타는 목소리로 나를 부른다.

언니...

여느 때와 다른 왠지 모를 긴장감과 불안한 떨림으로 이미 심장이 덜컥

거렸다. 평소에는 느껴본 적 없는 뉘앙스였다. '사고라도 쳤나? 무슨 일이지?' 온갖 상상이 스쳐 지나갔다.

"언니...... 나... 암일지도 모른대... 그것도 췌장암."

머릿속은 문장의 뜻을 확인하고 파악하느라 뉴런들이 날뛰고 있고, 심장은 얼음이 되어 작동을 일시 멈췄고, 다리는 풀려서 제대로 서 있을 수도 없었다.

'장난인가? 암이라니? 췌장은 또 어디지?'

내가 이토록 혼란스러운데 언니의 귀가를 기다린 동생의 오늘 하루는 어떠했을까 싶고, 감정의 동요를 보이면 지안이가 더 힘들어할지도 모른다는 생각에 적당한 리액션을 고민하며 머릿속이 요동을 쳤다.

'오늘 소개팅했어.'
'그래? 어떤 남자야?'

이런 일상적인 대화를 나눔직한 나의 태연한 겉모습과 동공지진의 언밸런스가 우스꽝스러웠나보다. 그때의 내 표정을 가지고 동생은 지금까지도 나를 놀린다.

우리는 이주 후 말레이시아로 떠나기로 되어 있었다. 한 달 전부터 밤마다 호텔과 비행기를 비교·분석해서 결제까지 다 끝마치고 떠날 날만 손꼽아 기다리고 있었다. 자매끼리 해외여행이 오랜만이라 숱한 계획들도 짜놓았다. 어느 거리 어디 식당에서 밥을 먹고, 어느 클럽에서 칵테일을 마실지. 모히토에서 몰디브나 마실까 하며 낄낄거린 지 하루, 아니 몇 시간도 채 지나지 않았다.

'칵테일과 일주일을'

작년 연말 소하 라운지에서 모두가 함께 웃고 떠들며 기획해서 원고를 쓰자고 의기투합한 지 일주일도 지나지 않았다. 함께 출간을 계획한다는 설렘에 동생과 여기저기 칵테일을 마시러 다닌 게 불과 며칠도 지나지 않았다. '아닐 거야. 절대 아닐 거야!' 디데이를 하루하루 지워나가며 설레어 있다가 낙뢰를 맞고 비행기에서 추락한 심정이었다.

"복부 CT상으로 췌장암이 의심되고 진행도 좀 된 것으로 보인대. 일단 PET-CT 와 조직 검사를 하기로 했어."

지안이의 눈에서 눈물이 또로록 떨어진다.

"언니... 나, 무서워..."

나는 대수롭지 않은 척 시크하게 동생을 위로했다.

"야! 그게 말이 되냐? 식구 중에 암병력도 없는 집안인데... 당연히 아니겠지. 걱정하지 말고 좋은 생각하고 얼른 자. 다음 검사 때는 나랑 같이 가자."

속으로는 벌벌 떨면서 대범한 척을 했다.

그날 밤, 나는 밤을 새웠다. 인터넷으로 '췌장암' 에 대해 검색하고 또 검색했다.

'뒤늦게 발견되기에 암 중에서도 생존율이 제일 적은 암.'
'소리 없이 찾아오는 침묵의 살인자.'

이런 문구가 가장 먼저 나왔다. 동생도 분명 확인했을 것을 생각하니 가슴이 찢어진다.

"우리 여행 못 가게 될 것 같아... 미안해, 언니. 울 엄마 충격받아서 쓰러지시면 어떻게 해..."

식구들 걱정부터 하는 동생이 너무나 안쓰러웠다. 그러나 보듬어주고 싶은 마음과 달리 화부터 냈다.

"아닐 수도 있잖아! 아니라니까! 여행 갈 거야! 이제 그런 얘기 그만해!"

따뜻한 말로 지안이를 위로하고 포옹이라도 하면 왈칵 눈물이 쏟아질 것 같았다. 나까지 울면 지안이는 버티지 못할 것이었다.

모든 검사 결과 췌장암 3기 확진이었다. 심지어 4기로 넘어가는 단계. 국소성이기는 하나 췌장의 위치 특성상 근처 장기들로 전이가 된 상태였다. 하루빨리 수술 날짜를 잡아야 했다. 의사는 신장, 십이지장, 비장 등 전이된 부분들을 다 잘라내야 한다고 했다. 엄마에게도 알려야 했다. 숨기고 수술을 받을 수는 없었다.

동생이 없는 데서 이야기를 해야 해서 엄마를 밖으로 불러냈다. 카페에서 딸과 데이트하는 줄 알고 기분 좋게 나온 엄마에게 침착하려 애쓰며 의사에게 들은 상황을 전달했다. 나 역시 엄마의 표정을 잊을 수 없다.

온 얼굴의 근육이 제각각 스톱이 되어 1년 같은 몇 초가 지나간다. 그리고는 와르르 무너지는 표정. 엄마는 아이처럼 꺼억 꺼억 목놓아 우셨다. 한 시간이 지나도 엄마의 울음은 그치지 않았다. 지안이 앞에서 이렇게 무너지는 모습 보이면 안 된다고, 지안이가 너무 걱정하고 있다고 엄마를 진정시켰다. 하지만 집에 돌아와 동생 얼굴을 보는 순간, 엄마는 그저 아무 말 없이 딸을 부둥켜안고 또 울었다.

온 가족이 패닉이었다. 나는 매일 주님 앞에 나가 묻고 또 물었다. 대체 주님의 뜻이 무엇인지. 말씀하고자 하심이 무엇인지. 아버지를 여읜 지 얼마 안 된 우리 가족에게 왜 또 이런 일이 생긴 거냐고!

엄마와 지안이 앞에서는 울지도 못하고 혼자 차 안에서 통곡하며 분노했다.

별다른 통증이나 증상이 없어 말기에나 발견된다는 암. 그래서 암 중에서 가장 고약스럽고 생존율이 낮다는 암. 젊은 사람한테는 발병 가능성도 희귀하다는 암. 췌장암이 대체 어디에서 튀어나온 건지 이해할 수 없었다. 부모님 양쪽 집안에 병력도 없는데 유전적인 요인도 아니고 원인이 뭔지 납득이 되지 않았다. 그러나 분명한 건 병마에 이대로 질 수 없다는 거, 우리는 지안이를 포기할 수 없다는 사실이었다. 젊은 환자라 의사들도 열성적으로 치료에 임했고 동생도 강한 투병 의지를 내보였다.

우리에게는 희망이 필요했다.

췌장암에 대한 서적들을 읽기 시작하고 인터넷의 투병 체험 수기들을 뒤지고, 정보를 수집하며 멘탈을 강화시켜 나갔다. 셋뿐인 가족은 그 어느 때보다 하나로 단합되어 함께 호흡하는 1분 1초의 소중함을 실감했다. 하루하루가 귀했다.

마지막 외래가 있던 날, 외과 의사가 물었다.

"진짜로 잘 먹고, 화장실도 잘 가요? 지금쯤 많이 아플 텐데?"
"네. 오히려 암 진단받고 저는 더 통증이 없어졌어요. 잘 먹고 있어요"
"흐음... 그럼 항암치료 먼저 해볼까요? 버틸 수 있으면 암을 줄이고 수술하죠."

항암치료를 버텨내기 위해서는 계속 잘 먹고 살을 찌워야 한다는 조건을 달며 지안이를 내과로 보냈다. 수술하기로 한 입원 당일, 극적으로 치료법이 변경되었다. 우리는 장기를 덜 떼어낼 수 있다는 희망과 항암으로도 혹시 완치가 될 수 있지 않을까 하는 간절함으로 기꺼이 약물치료를 받아들였다.

어렴풋이 항암치료가 힘들다는 이야기를 듣기는 했는데 눈앞에서 항암 주사가 들어가는 순간, 무너지는 동생을 보니 너무나 고통스러웠다. 55시간 동안 4가지의 약물을 연이어 투여하는데 동생은 더 이상 게워낼 것이 없는데도 끊임없이 토하고 또 토했다. 주사 호스를 가위로 끊어버리고 싶었지만, 고통으로 다 포기하고 싶었지만 '가족'을 생각하며 버텼다고 말하는 동생. 곧 바스러질 것 같은 기진맥진한 모습으로 눈물을 터뜨렸다. 이미 동공조차 풀려버린 뒤였다.

이주 간격으로 진행하는 강도 높은 항암치료 부작용으로 자고 일어나면 베갯잇이 까맣게 될 정도로 머리칼이 빠졌다. 결국은 병원 지하 미용실에서 삭발을 하기로 했다. 마치 드라마를 찍고 있는 느낌이었다. 드라마 속 여주인공인 동생은 이렇게 대사를 친다.

"삭발 한 번 해보는 게 평생소원이었는데 소원을 이렇게 풀게 되네!'

깔깔거리며 미용실 의자에 앉아, 거울 속으로 바리깡이 지나가기를 기다린다. 애써 의연한 동생이 더 마음 아팠다. 숭덩숭덩 떨어지는 머리카락을 보며 이를 악물었다. 두 손을 꽉 쥐며 울음을 참아보려 하지만 눈물은 힘이 세다. 지켜보는 내 눈에서는 참지 못한 눈물이 주르륵 떨어졌다.

'언니! 나 머리 밀어두 예쁘지? 그치?'
'응!! 너무 예뻐! 넌 두상도 작잖아! 진짜 예쁘다!'

그날 밤 세 여자는 각자의 방에서 따로 숨죽여 울었다. 사랑하는 사람에게는 눈물을 보여주고 싶지 않다는 걸, 그때 알았다.

두세 번의 항암치료가 지나갈 즈음 그녀가 묻는다.

"언니... 우리 다 같이 쓰기로 한 책, 어느 정도 진행되고 있대? 다른 사람들도 초고 다 넘겼대? 책 빨리 나오면 좋겠어! 더 아파지기 전에 빨리 써놔야지. 내 이름이 써진 책이 출판되면 너무 신날 것 같아."

나는 그렇게 말하는 지안이의 이면을 들여다본다. 혹시 치료가 잘못되면 어쩌나 싶어 맘이 급해진 걸까? 준비하던 일들이 다 스톱된, 아무것도 할 수 없는 이 상황에서 작은 성취감이라도 느끼고 싶은 걸까? 갑자기 내 맘도 급해진다.

멤버들에게 동생의 상태를 공개하고 힘을 내달라고 했다. 모두가 진심으로 아파하고 응원하고 기도해주며 힘을 내겠다고 약속한다.

"나 빨리 치료해서 출판기념회에 꼭 갈 거야!"

지안이가 씩씩하게 웃는다.

"나 꼭 나을 거야! 걱정하지 마. 우리, 못 간 여행도 다시 가고 그래야지!"

동생은 여전히 자기가 먼저 날 위로한다.

그러나 시간이 지날수록 기력이 점점 떨어지는 게 보인다. 머리가 빠지는 것은 멈췄지만 손발 저림, 통증과 부기. 구토와 발열이 번갈아 가며 찾아와 동생을 괴롭혔다. 제 몸이 힘들기에 가족 외에는 그 누구와도 만나지 않는 동생이었다. 그러나 대학에는 강의를 할 수 없는 이유를 밝혀야 했다. 소식이 퍼지기 시작하자 지인들에게 연락이 오기 시작했고 일일이 설명하고 싶지 않았던 동생은 본인 SNS 계정에 직접 글을 올렸다. 췌장암 판정을 받았고 당분간 치료에만 몰두할 테니 다 나은 모습으로 보자고. 그렇게 모든 일상을 포기하고 치료에만 몰두하고 있는데 많은 사람들이 응원과 기도 소식을 전해주었다. 중보기도부터 불공에, 종교가 없는 사람들까지도 기도를 해주었다. 힘이 되는 좋은 글귀, 항암 정보, 본인의 투병 케이스도 들려주고 항암 치료 중 필요할 거라며 가발도 보내주었다. 말린 무화과, 생마, 귀한 꽃송이 버섯과 상황버섯 등 치료

효과가 있고 몸에 좋다는 음식들과 손수 정성 들여 만든 먹거리까지 계속 도착했다. 동생과 나는 서로의 인맥도 공유하고 있었기에 내 지인들도 자기네 일처럼 챙겨주었다. "요즘 잘 지내?"라는 안부 인사는 "동생은 어때?"라고 멘트가 바뀌었다. 지안이의 투병 소식은 SNS를 타고 미국까지 전해져 먼 나라의 지인들도 응원의 메시지를 보내 주었다.

"언니! 언니! 나 요즘 너무 놀라워. 날 생각해주는 사람들이 이렇게 많은 줄 몰랐어. 생각지도 못한 사람들까지 기도한다고 메시지가 왔어. 왜 그동안 몰랐을까? 내가 이렇게 소중한 사람이었다는 것을... "

만나지는 못해도, 답글을 일일이 하지는 못해도 큰 힘이 되었나 보다. 사람들의 기다림과 응원에 힘입어 어느 날 사진을 올리고 싶다고 했다. 나는 우려가 되었다. 삭발한 병원 사진을 인터넷상에 올리면 정말 완전히 공개가 되는 건데 완치 후 혹시 힘든 상황이 일어나지 않을까 걱정이 되었다.

"암도 내 인생에서 벌어진 일이고, 난 이걸 극복하는 모습을 보여줄 거야. 내가 췌장암 수기를 아무리 찾아봐도 완치되었다고 올라온 게 거의 없어. 그래서 처음에 무섭고 힘들었는데 나는 꼭 이겨내서 사람들에게 힘이 되어주고 싶어."

더 이상은 동생을 말릴 수 없었다.

"그래! 그럼 나도 공개할게! 너랑 행복한 시간을 보내고 있고, 치료과정을 잘 이겨내고 있다고 보여줄게. 우리 라이브 방송도 하지 뭐!"

우리 자매는 용기 있게 투병 생활을 공개했다. 동생은 별다른 가발이나 모자도 쓰지 않았다. 햇볕을 가리거나 멋을 위해 항암 모자를 쓴 적은 있지만 식당에서도, 길에서도 벗고 싶으면 벗었다. 그렇게 다시 원래의 내 동생 지안이의 모습으로 돌아와 주변을 의식하지 않고 당당해졌다. 그러니까 오히려 세상이 다가왔다. "힘내세요!"라고 응원을 해주기도 하고, 본인의 가족 이야기를 들려주기도 한다. 식당에서는 혹시 음식이 짜지는 않는지, 너무 맵지는 않은지 물어봐 주고 마실 물을 끓여주기도 했다. 생판 모르는 가게 점원이 개인 소장용 모자를 선물하기도 했다. 동생이 늘 당당하고 밝았기 때문에 그녀가 다니는 길마다 따뜻한 온기가 퍼졌다.

우리 집에는 그 어느 때보다도 웃음이 넘친다. 동생과 눈을 맞추는 것도 감사하고, 아픈 뒤로 더 수다스러워진 조잘거리는 목소리를 듣는 것도 감사하고, 지안이의 등을 감싸 안을 때 느껴지는 온기에도 감사하다. 당연하게 지나갔던 모든 것들이 새삼 소중하다. 물론 많이 시간을 보내다

보니 갈등도 생긴다. 몸이 힘들어지면 짜증을 많이 내는 동생에게 같이 짜증을 내기도 하고, 아픈 동생을 두고 또 아무렇지도 않게 돌아가는 나의 일상이 미안해져 오히려 화를 내기도 한다.

우리 집 서열 꼴찌 막내가 이제 엄마와 나를 제치고 일등이 되었다. 아픈 사람 프리미엄으로 모든 것이 자기 위주다. 먹는 것도, 하고 싶은 것도, 가고 싶은 것도 그때그때 달라지는 동생의 기분이 혹시나 다운될까 엄청 눈치를 본다. 지친 엄마와 나는 몰래 지안이 뒷담화를 하며 간병인으로서의 스트레스를 풀기도 했다.

어느 날 저녁, 동네 산책을 할 때의 일이다. 대학생처럼 보이는 어린 친구들이 호프집 테라스에서 뭐가 그리 재밌는지 깔깔거리며 술잔을 부딪치는 걸 보았다. 미소를 지으며 그들을 바라보던 지안이가 '너무 부럽다'라고 내뱉으며 눈물을 왈칵 쏟는다.

"그동안 몸도 소중히 생각 안 하고, 가족들한테도 못되게 굴고 해서 벌받는 건가 봐."
"아니야, 넌 잘해왔어. 차라리 내가 아팠으면 좋겠다."

엄마도 속상해서 보탠다.

"내가 뭘 그렇게 잘못해서 자식이 아픈 걸 봐야 하는 거니? 늙은 내가 아파야 하는데 대체 왜 꽃 같은 내 자식이..."

세 식구가 한바탕 눈물바다를 이루고 나면 또 언제 그랬냐는 듯 닭백숙 한 마리를 삶아 먹으며 깔깔댄다. 아, 징글징글한 가족이여!

토하면서도 먹고, 허리도 펴기 힘들면서 걷고, 눈물이 나면서도 웃고. 그렇게 동생은 철없는 가족들과 함께 병마와 싸워나가고 있다. 환자만 병과 싸우는 게 아니었다. 온 가족이 싸워야 했다. 삶은 아무도 예측할 수 없으며 무엇보다 건강이 최고라는 어른들의 이야기가 새삼 절실해지는 요즘이다. 왜 겪기 전에 막지 못했을까 하는 뼈저리게 후회할 시간도 아깝고, 미래를 꿈꾸며 희망고문을 하는 것도 아깝다. 지금 최선을 다해 싸우고 행복하고 감사하다 보면 미래가 또 현재가 되어 있겠지. 그게 삶이라는 걸 지금은 안다. 어느 날 다가와 있을 미래의 현재, 지안이가 무사히 완치되어있을 그날- 오늘의 과거는 아팠지만 소중하고 멋진 기억이 되어있을 거라고 나는 믿는다.

동생이 나으면, 함께 하고 싶은 칵테일이 있다. 체험! 지구촌 홈스테이라는 방송에서 피지 편에 출연했던 나는 피지섬에 매혹되어 동생과 다시 여행을 간 적이 있다. 미국에 있던 지안이와 한국에 있던 내가 피지섬에서 만나기로 한 것이다. 식인종이 존재했을 정도로 원시적인 피지는 태초의 매력을 그대로 간직한 아름다운 섬이었다. 그 섬에서 우리는 바닷물에 발을 담그고 모히토를 마셨다. 헤밍웨이가 쿠바에서 즐겨 마셨다는 술. 럼에다 라임즙과 민트 잎을 한껏 으깨 넣고 잘게 부순 얼음을 가득 담아 마시면 이국의 향이 온몸에 퍼진다. 뉴욕에서도, 서울에서도 즐겨 마신 칵테일이지만 뭐니 뭐니 해도 칵테일은 열대의 섬에서 비키니를 입고 마시는 게 정석 아닌가! 병마를 이겨낸 그녀를 위해 럼 대신 소다수를 넣어 알코올이 없어도 기분에 취하는 우리만의 파티를 하고 싶다.

그날을 위해 모히토를 아껴둔다. 사랑하는 내 동생 지안이, 건강해진 그녀와 다시 피지섬에서 모히토를 마실 수 있을 것이다.

인간은 삶을 선택할 수 없다. 그래서 삶이 귀한 것이다. 고통은 때로 사랑을 확인하는 가장 잔인한 행복이라는 걸 아프게 깨닫는 계절, 그리하여 우리들의 영혼이 성숙해간다.

사랑하는 지안, 누구에게도 해 본 적 없는 고백을 남긴다. 네가 있어 내 삶이 좀 더 아름다워. 네가 없는 내 삶은 상상조차 할 수 없어. 겉으로의 표현은 무뚝뚝한 나지만 마음은 용광로처럼 뜨겁단다. 너의 삶 속에서 나의 존재도 힘이 되니? 우리가 함께하게 될 미래에도 서로의 존재가 소중하게

빚나기를 바라며, 오늘도 행복하자.

나는 지금 행복하다. 그리고 사랑한다.